# Funny Jokes

# 奇怪ㄟ 怎這麼好笑？

FUNNY JOKES 1 超有梗笑話

張允中◎編著

# 《序》

如果幽默存在，將帶給人輕鬆、詼諧和優美的感覺。幽默是調節生命運行的潤滑劑，也是豐富人生歷程、改善人際關係最崇高的產物。

平時說說笑話、扮個鬼臉，能算幽默嗎？幽默感的定義為何？為什麼有人每次刻意搞笑，只能引起旁人不是發自內心的尖聲乾笑？

事實上，限定幽默的形式是徒勞的，因為幽默是個無從定義，既模糊又開放的概念，關鍵只在於是否有趣，能夠引發心底共鳴。

更正確地說，幽默感是一種快速的反應能力，往往要在最恰當的時機出現，才能給人靈光一閃、亦喜亦悲的絕妙感覺。

高尚的幽默感，更講求在會心一笑的瞬間，讓聽眾或觀眾充分感受事物底蘊，並且在持平的心境或思考上，確實體會這活靈活現的自由快味。

二十一世紀的今天，社會演變迅速，迫使我們的生活節奏不得不加快、不得不努力學習某些技能，而在緊張忙碌之餘，人們也就更迫切需要幽默感了。

幽默的書，令人著迷；幽默的節目，人人愛看；幽默的話，教人難忘；幽默的人物，人人欣賞。情況就是這樣。

此刻，您正為學業、事業而廢寢忘食嗎？您正為愛情的失落而悲泣嗎？大可不必！因為這是個色彩繽紛的世界「如果幽默存在」，如果您能以幽默的眼光去看、去想，並且習得璀璨多姿的幽默術，您就可以運用自己的幽默才智去面對艱辛、改變現狀，最終獲得您所夢想的一切。

忘掉不如意忘掉不開心，翻開這本書吧！

這本書不需要目錄，
翻到任何一頁都好笑！

# 交通號誌

一群職業駕駛正在閒聊……

甲：「台北的交通號誌是大官用的——大官出巡，誰與爭鋒；小民遊街，每闖必罰。」

乙：「台中的交通號誌是飆車用的——3、2、1，變綠燈了！大家衝啊！」

丙：「高雄的交通號誌是參考用的——紅燈任意走，綠燈小心過。」

丁：「台南的交通號誌是照明用的——入夜之後，路燈總是捨不得開，那些路癡們只好停在交通號誌下查看地圖。」

戊：「基隆的交通號誌是遮雨用的——幾乎天天下雨，但路霸總是佔領走廊，出門沒帶傘的只好擠在這裡躲雨。」

己：「屏東的交通號誌是裝飾用的——紅紅綠綠，閃來閃去，人車經常搞在一起。」

庚：「台東的交通號誌是打球用的——框！打擊出去！界外球！又有一個綠燈殼破了。」

辛：「南投的交通號誌是撒尿用的——集集大地震之後，人車罕至，流浪狗和遊客共用之。」

## 傳染病

有個男的一直很嚮往去旅行社從事領隊、導遊之類的工作，可是他老媽死也不肯答應……

後來，那個男的揚言自己若無法進入旅遊業，就不再工作，從此當個無業遊民。

這下，他母親只好妥協了。「讓你去是可以啦，不過帶團出國有個地方千萬不能去ㄛ！」

孩子：「什麼地方Ｙ？」

母親：「妓院啦、泰國浴啦！」

孩子：「那又沒什麼，如果客人堅持要去，我豈能不奉陪？」

母親：「據我所知，那地方有一種非常可怕的傳染病——『AIDS』。如果你去了，你就會得到；你得到了，你老婆就會得到；你老婆得了，你老爸就會得到；你老爸得了，你老媽就會得到；你老媽得了，你叔叔就會得到；你叔叔得了，那我們全村子裡的人都完了！」

## 挑釁

據傳，催眠大師「馬丁」有一天與拳王「ㄚ里」不期而遇……

當時，馬丁不改其職業本能，當場就對ㄚ里挑釁起來：「當我給你一個掌聲時，我保證你馬上會進入深沉的催眠狀態，且任我擺佈！」

「ㄛ？」ㄚ里立即反駁：「但我更可以確定的是當我給你一個拳頭時，你馬上就會進入更深沉的昏迷狀態，甚至永遠不醒！」

## 酒後吐真言

ㄚ發、ㄚ財、ㄚ富、ㄚ貴這四位同一部門的業務員相約一起去情色KTV玩樂……

幾杯黃湯下肚之後，ㄚ發率先提議：「我們四個都是肝膽相照的好同事，在心靈上應坦誠相對，在工作上需裡應外合，彼此之間絕對不可存有秘密、欺騙之行為。今天，每個人都將自己的缺點或不可告人的事說出來吧！不敢說出來的傢伙就是不把我當成朋友！！」

「好ㄚ好ㄚ！」ㄚ財、ㄚ富、ㄚ貴三人皆鼓掌贊成。

ㄚ發：「我最大的缺點是性好漁色，其實老闆娘、老闆的情婦以及老闆的私人秘書都先後跟我有一腿說，好在我向來相當小心，至今尚未東窗事發，不然就完蛋了！」

ㄚ財：「我生平最大的缺點就是貪財啦，光是去年從中劫走公司的訂單就達四千萬元，好在都沒有被我們那個阿斗老闆所發現。」

ㄚ富想了一下說：「我這個人嘛，一旦喝酒就容易闖禍，不瞞各位，一個月前在辛亥隧道口開車撞死清潔隊員隨後卻逃逸無蹤的那個渾蛋就是我！」

輪到ㄚ貴時，他顯得更加猶豫了，ㄚ發、ㄚ財、ㄚ富三人就很生氣地罵道：「媽的！你已經聽了我們的秘密了，還不照實說來!?再不講的話莫怪我們翻臉無情ㄛ！」

就在眾人的脅迫之下，ㄚ貴只好幽幽道來：「這是你們要我說的，出事可別怪我——事實上，我生平最大的缺點就是喜歡散佈小道消息、八卦流言，以前有很多朋友要我保守的秘密，我敢保證最遲最遲一週之內鐵定眾人皆知！」

## 忌諱

通常醫生自行開業，招牌上常會寫「張外科」、「陳內科」、「王耳鼻喉科」之類的……

但有些店名，其姓氏就不能跟科別搞在一起，以免讓求診的人產生不良的印象。比方說：

一、姓單的開眼科——「單眼科」。
二、姓吳的開齒科——「吳齒科」。
三、姓段的開骨科——「段骨科」。
四、姓劉的開婦產科——「劉產科」。
五、姓簡的開神經科——「簡神經科」。
六、姓蕭的開皮膚科——「蕭皮膚科」。

七、姓秦的開獸醫院——「秦獸醫院」。

八、姓宋的開中醫院——「宋中醫院」。

## 禱告

ㄚ瓜興致勃勃地走進西藥房買保險套……

西藥房老闆：「你要買三個裝的還是一打裝的？」

「請讓我考慮一下吧！」ㄚ瓜：「我跟現任女友已經認識一個多月了，她長得跟藤原紀香一樣騷，我買保險套正是因為今晚她可能會以身相許了。」

西藥房老闆：「你們的第一次？」

ㄚ瓜：「嗯，今晚我要先和她的父母共進晚餐，然後我們兩個再單獨出去，目的地是淡水的那家海中天汽車旅館ㄛ！我有預感：一旦讓她嚐點甜頭，她就會需索無度，所以三個保險套勢必不夠用，你還是給我一打裝的好了。」

西藥房老闆：「年輕人，真有你的，我祝你今晚玩到腿軟！」

「謝謝，我一定全力以赴！」ㄚ瓜當下就買了一打保險套。

晚上，ㄚ瓜盛裝準時赴宴。

但在準備進餐之前，ㄚ瓜卻提出建議：「伯父伯母，我可不可以先來個飯前的禱告？」

「可以，當然可以ㄚ！」ㄚ瓜的女友的媽媽搶著說，但她的爸爸卻嚴肅地不發一語。

於是，ㄚ瓜便閉上眼睛開始祈禱，但一直持續了好幾分鐘，好像停不下來似的。

ㄚ瓜的女友依偎過來問他：「ㄟ！你從來沒告訴我你是如此虔誠的基督徒耶！」

「欸，問題是妳也從來沒告訴我妳老爸是開西藥房的ㄚ！」ㄚ瓜低聲回答。

## 親吻

在台北東區某酒吧裡，有一位性感美眉在吧台邊坐了下來，並擺出了撩人的姿勢……

她先勾一勾食指，示意某男性服務人員靠近她。然後，她雙手捧著服務人員的臉，一邊撫摸一邊用挑情的聲音說：「你是現場經理嗎？」

「不是。」那服務人員回答。

接著，美眉把手伸到服務人員的頭髮裡，問：「那你可以幫我把經理叫來嗎？」

「他剛去廁所，恐怕暫時不行！」服務人員說：「有什麼我可以效勞的嗎？」

只見，美眉把手指伸到服務人員的嘴唇上，而服務人員不知是為了小費，還是一時情不自禁，竟如情色電影般地開始吸吮她的手指。

等到十根手指一一吸吮過後，美眉終於說話了：

「本來想告訴你們經理，女廁的衛生紙用完了，不過，既然你已經把我的手指都吸乾淨了，我想那就不用了！」

## 願望

有一名政客、一名商人和一名流浪漢同時流落到一座荒島上……

某日，流浪漢突然在神木底下挖到一個神燈，商人驚訝地看著，且不離職業本能地細摸壺身的質感，仔細估價。豈料，摸著摸著竟從壺口跑出了一個燈怪。

燈怪：「謝謝你們救了我，依照慣例，我要給你們每人各實現一個願望。」

政客興奮至極地說：「我還沒當上總統，錢也還沒A夠，所以，立刻回國、繼續搞政治是我唯一的選擇。」

只隱約聽見「咻」——地一聲，政客便有如一陣輕煙似的杳然消失了。

商人驚奇至極，也開口說話了：「我要馬上回去控管龐大的家產，要不然，極可能會毀在我那些黃臉婆和那些笨兒子的手裡。」

只隱約聽見「咻」——地一聲，商人也隨即消失無影蹤了。

燈怪：「那你呢？可憐的流浪漢。」

流浪漢：「反正我無權、無錢、無愛妻也無兒子，去哪兒都一樣，乾脆叫他們兩個回來陪我吧！」

燈怪點點頭：「那有什麼問題！」

於是，「碰！碰！」兩聲巨響——政客和商人莫不帶著苦瓜臉，一一被召回了。

## 大黃瓜

一名台商到大陸包二奶，對象聽說是他公司裡的女秘書……

而長久以來，每當這名台商返國，元配都會生氣她的丈夫一定要在黑漆漆的房間內做愛做的事。

有一天晚上，當丈夫又想要和她那個時，她基於狐疑的心理，便突然開了燈，卻驚見丈夫手上正拿著一條大黃瓜。

「你！你居然用這傢伙和我做愛三年？」元配大叫。

台商：「親愛的，請聽我解釋！」

她旋即打斷他的話：「你這個性變態、性無能，盡幹一些卑鄙小人的行徑！」

元配還沒說完，台商也主動打斷她的話：「說到卑鄙小人，我還沒發飆呢！妳那兩個孩子究竟是怎樣來的？」

元配：「……」

## 撞鬼事件

這天晚上月黑風高，正是農曆七月十五、鬼門關大開的日子……

計程車司機Ｙ淦覺得頭有點暈，本想乾脆早點收工算了，但就在還未拿定主意的時刻，前方突然閃現一位長髮飄逸、面無血色、一身白衣的女子在招車。

「該不是鬼吧？」他想。

司機朋友間，偶爾會傳說一些鬼祟事件，ㄚ淦難免擔心自己哪一天也會倒楣遇上，但當時又想加減賺，所以還是決定讓那女子上車。

「小姐，請問妳要去哪裡？」ㄚ淦問道。

「六張犁公墓！」她用很微弱又帶點陰森的語氣回答。

ㄚ淦一聽，背脊不禁泛起一股涼意，不過，依然照著客人的意思往目的地開去。

幸好，一路相安無事，六張犁公墓總算到了。

ㄚ淦心想，夢魘應該就要結束了，豈料，令人匪夷所思的怪事卻也跟著發生了……

那女子一下車，竟立即失去人影，丫淦探頭探腦地四處尋找老半天，卻連個鬼影子都沒瞧見。

丫淦越想越不妥，遂決定急踩油門加速離去。忽然車窗外猛地閃現一隻血手，且冷不防地攀住車門——這畫面當場把丫淦給嚇得屁滾尿流了。

「司……機……先……生……」接著，一個非常微弱、異常陰森的女聲顫抖說道：「搭你嘛幫幫忙，下次停車時不要靠在未加蓋的大水溝旁邊好不好？會害死人的你知不知道!?」

## 打槍

某夜，老鴇一連介紹了四、五個大陸妹出場，都被一名龜毛的嫖客給

「打槍」了……

老鴇：「你喜歡的型，速不速要眼睛大大的？」

嫖客：「嗯。」

老鴇：「那速不速要睫毛長長的？」

嫖客：「是。」

老鴇：「還有……腿要細細的、屁股要翹翹的？」

嫖客：「對。」

老鴇：「最好還要有傲人的雙峰？」

嫖客：「沒錯！」

老鴇：「ㄟ！那你為何不隨便企找一頭母駱駝騎騎就好呢!?」

嫖客：「……」

## 呼D號

話說深圳公安大掃黃……

於是，來自內陸各地成千上萬的坐檯小姐，也就集體上街遊行呼口號：

- 我不偷、我不搶，堅決擁護共產黨。
- 不爭地、不佔房，工作只需一張床。
- 無噪音、無污染，拉動內需啃台商。
- 不生女、不生男，不給政府添麻煩。

## 上帝之名

某日下午，在美國波士頓最小的郵局裡，幾個小員工莫不辛勤地工作著……

突然，有個負責無法投遞信件處理的郵差發現了一封信，上面既沒有寫收件人地址，也沒有載明郵遞區號，只簡簡單單地寫了「上帝敬啟」幾個大字。

通常，郵差收到這樣的信件，都會先把它送到庫房內儲存一陣子再說，不過那詭異的字卻深深吸引了這名郵差。於是，他和其他幾名郵差討論之後，便決定打開這封信來看看。結果，信上是這麼寫著的：

敬愛的上帝：

兩個月之前，我千辛萬苦地從巴西來到這裡，但是我現在非常沮喪，我的領導人被捕、同事被抓、就此失去這份援助交際的工作。如今，我孤苦伶仃，更令我想念家鄉的親人和朋友。

這城市實在是太大也太冷漠了，頓時讓我產生強烈的失落感。上帝ㄚ！如果您能給我三百美元，讓我買張機票回巴西，我深信就能找回我以往失去的快樂，並且，我會永遠感謝您的！

敬愛您的帝雯麗娜

郵局員工看了這封信之後，決定幫助這個可憐的女生，他們一共湊到了兩百三十美元，且認為這已經足夠買張波士頓至巴西的經濟艙機票了。

接著，他們按照信中的地址，在不署名的情況下，把錢寄給那位孤苦伶仃的帝雯麗娜。

一個半月之後，同樣字跡的信竟又出現在波士頓這家最小的郵局裡，信上依然寫著那幾個大字「上帝敬啟」。郵差們莫不帶著高度的好奇和驚喜，趕緊打開信件瞧一瞧：

親愛的上帝：

我回到巴西已經快一個月了，我現在的生活非常美好，我找到一份收入頗高的工作，如今，我和我的親友在一起愉快地生活著。我還遇見一個長得很像紐約洋基隊巨投「赫南德茲」的男子，我想我們很快就會步上紅毯、永浴愛河了。這一切的一切多虧您的幫助，有朝一日，我會親自登門造訪並加以感謝您的。

另外，我還要提醒您一件事，千萬不要再寄錢給我——因為，那些該去勢或該下地獄的郵差們，竟然從中A走了七十美元，實在太沒品了！

敬愛您的帝雯麗娜

## 咬著不放

物理系教授問生物系教授一個問題：「你知道哪三種動物足以形容三十至五十歲女人的性慾嗎？」

生物系教授：「三十如虎，四十如狼，五十如鱉。」

物理系教授納悶地問：「為什麼五十是鱉呢？」

生物系教授：「因為……咬著不放嘛！」

## 上班族生存之道

一、苦幹實幹↓撤職查辦。

二、東混西混↓一帆風順。

三、任勞任怨→美夢難圓。
四、全力以赴→前途耽誤。
五、能捧能現→加薪如願。
六、屢建奇功→打入冷宮。
七、會溜會鑽→考績亮眼。
八、盡職負責→必遭指責。
九、衣缽相傳→樹敵難免。
十、看緊公庫→必然解雇。

## 辦公室生存法則

一、同事相處要一視同仁，部門主管不可二重人格。

二、吐槽巴結要三思而行，業務採購不可四大皆空。

三、老闆訓誡要五體投地，升官之路不可六根清淨。

四、部屬犯錯要七竅生煙，大庭廣眾不可八面威風。

五、作業繁忙要九鍊成鋼，離職轉業不可十萬火急。

想在資本主義的社會中求生存，唯有憑個人的智能、才幹來爭取財富，如此自由競爭的結果，「適者生存」的道理也就更加明確了。

## 辦公室情色謎語

一、一根硬梆梆的長條東西，直直插進洞裡，快的話，一下子就OK了，要不然就抽出來再插進企，總之，不達目的絕不終止。（猜人的一種動作）

正解：切莫胡思亂想，答案是「用鑰匙開門」。

二、心裡很想要、好想要，越是興奮、越是期待，洞口就會張得越開，然後流出水來。（猜一句成語）

正解：猜不來就別瞎掰，答案是「垂涎三尺」。

三、上面有毛，下面也有毛，上班時若有需要，乾脆就來個毛對毛。（猜人體某器官）

正解：別想歪了，答案是「眼睛」。

四、舔也硬，不舔也硬，上班時若想舒服地偷睡個懶覺，最好先搓搓

它。（猜人體某器官）

正解：您別又想歪了，答案是「牙齒」。

表面上，公司好像一道保護上班族的防波堤，但事實不然，當我們成為某某公司的員工之後，不僅要上下一心，面對防波堤外同業的無情競爭，更得在在此防波堤內和同事、部屬、上司展開一系列的內鬥，以確保自己不被市場所擊敗、不被公司所淘汰——

畢竟，任誰都不想回家吃自己，前途就此化為烏有。

## 最常見的公司亂象

辦公室裡有四個人，他們的名字分別是「某個人」、「每個人」、

「其他人」和「沒有人」。

某日，有一件非常重要的事情要「某個人」去做，但「某個人」以為「每個人」會去做，所以，雖然「某個人」可以做得更好，但到最後竟然是「沒有人」去做這件事。

「每個人」事後大發雷霆，因為那原本就是「某個人」要做的工作，由於「某個人」想「每個人」會去做，並且，「其他人」根本不知道「某個人」和「每個人」都沒去做，導致事情的結局是：「沒有人」確認「其他人」也沒有做，而把事情給搞砸了。

## 職場打滾心得

一些事沒人做，一些人沒事做——沒事做的人總是盯著做事的人，並且嚴詞批評這些人所做的鳥事。但令人弔詭的是，老闆特愛誇獎沒事做的人，因為他看到的是這些事根本不能做；老闆喜歡訓斥做事的人，因為他看到的是這些人根本做不成事。

於是，那些沒事做的人總是沒事做，那些做事的人也總有一大堆做不完的事——迫使好事變壞事，小事變大事，簡簡單單的事變複雜至極的事。結果，全公司的人乾脆都不做事，反正不做事就不會出事，多做事只會多惹事——

問事不理、諸事迴避、閒事莫管、無事快ㄙㄨㄢ（溜）。最後……公司當然出了事。

事實上，絕大多數的上班族都存有上述心態，這種不負責任的工作態度，透過以下這則笑話更足以詮釋：

李秘書重病住院……

某日，公司同事一同前往探訪。

李秘書語帶歉意地說：「我請假這段期間，有勞你們幫我代班，一定累壞了吧！實在亂不好意思的……」

張副理冷不防地回答道：「還好啦，大夥兒能分攤妳的工作，其實榮幸之至——我負責看報，陳主任負責上網聊天，王公關則負責和總經理打情罵俏……」

## 上班族十大類型

### 一、「蟋蟀」型

也就是那種生活一絲不苟，下班時間一到無論工作有沒有做完，管他三七二十一先溜再講的。這類型的人物一向基於勞力契約，每天只願出租給公司八個小時而已，因此欠缺團隊精神，難委以重任。

### 二、「走狗」型

這是資本主義社會中最常見的典型，他們總是抱持「沒有我公司就得關門大吉」的高傲姿態，並且刻意把生活據點由家庭移至公司，表現自己對公司無比忠貞、對工作無比投入，幾乎天天加班、廢寢忘食。

### 三、「憨牛」型

這類型的人物堪稱公司之寶（老闆的乾兒子或上班族的楷模），他們總是傾全力為公司辦事，而當同事、部屬乃至部門主管稍有怠惰情形，具有旺盛公德心、盲目捍衛資方的憨牛型，自然就會以正義之姿挺身而出，不僅怒目相向，甚至還會K人ㄋㄟ！

**四、「螞蟻」型**

也就是任勞任怨、節衣縮食，始終不敢向公司要求加薪、向主管爭取福利，一味蠻幹下去的傳統守舊派。

**五、「蝸牛」型**

年紀輕輕就背負厚重的殼（房貸壓身），於是身兼數職，導致分身乏術的都會可憐蟲。

**六、「米蟲」型**

只聽最上級的命令才肯行動的典型。這種人大都工作消極、缺乏主見，且愛推卸責任。

**七、「野豬」型**

這種類型老是抱怨自己懷才不遇，所以慵懶成性、工作散漫，不僅輕視自己的職務和工作內容，更質疑公司給的待遇太低，成天魂不守舍。

**八、「老鷹」型**

自認才氣過人，因而不可一世、唯我獨尊。這類型特別迷信自己的工作實力，總是獨斷獨行，從不虛心接受同事的意見或上司的指導。

**九、「毒蛇」型**

毋庸置疑，這種人陰險狡詐，老愛以「小人之心度君子之腹」，無時不忘挑同事的毛病，並且會伺機猛咬一口。

**十、「寵物」型**

出身富貴之家，物質生活無憂，上班只是為了有地方可去，能消磨時間，能跟同事打打屁也就心滿意足了。但這畢竟只是少數。

無論閣下屬於哪一種族群，可以確定的是，絕大多數人都曾感受過「沒上班真的不行」或「沒工作就沒錢花」的痛苦。

## 語助詞

在英國某小鎮上，有一位老郵差即將退休了，鎮上每戶人家知道此事後，紛紛決定在老郵差最後一次送信時，送給他一份精美或有紀念價值的退休禮物，以聊表感恩之情。

這天，老郵差就這麼沿著既往送郵件的路線，溫馨地一一造訪各戶人家，並且離情依依地收下禮物。

正當他抵達麥奎爾家時，麥奎爾的大女兒非常熱情地招呼他入內，並且在呈上一杯紅酒之後，請他坐在沙發上休息片刻，她說，她依據父親的指示，也有一份特別之禮要送給他。

約莫過了三分鐘，麥奎爾的大女兒竟然裸露上半身，只穿著一件超辣的紅色短裙自房內走了出來，並且冷不防地就坐在老郵差的大腿上。

老郵差心想，說什麼這也是人家的一番好意ㄚ，於是在盛情難卻的情境下，就拼了老命和麥奎爾的大女兒在沙發上親熱了起來。

老郵差繳械了，禮物也總算是收下了，他精疲力盡地向麥奎爾的大女兒答謝，然後轉身正欲飄然而去。

突然，麥奎爾的大女兒喊道：「等一下，郵差伯伯，我忘了付你應得的酬勞呢！」

「咦？」

「哪！我要給你五塊才對ㄛ！」

頓時，老郵差納悶不已，心想天底下怎麼會有這麼好的勾當，所以就問：「有沒有搞錯ㄚ？妳爸爸不是鎮上最出名的鐵公雞嗎？」

麥奎爾的大女兒不假思索地答道：「無論如何，這是我父親昨晚特別囑咐我的……」

「真的？」老郵差聽了更是驚訝。

麥奎爾的大女兒繼續說：

「昨天晚上，我跟父親聊到你快要退休了，我問他該送什麼禮物才好，他說Fuck那個老廢物！妳只要給他五元就仁至義盡了！」

## 錯不在我

有一位資深業務員開車擦撞到一位中年婦人……

於是，兩人在路邊吵了起來。

資深業務員：「錯不在我！我天天開車跑業務，已經是第十二個年頭了，不僅駕駛技術一流，至今還未拿過任何一張罰單哩！」

「錯更不在我！」女路人：「你不要跟偶比經驗啦！偶走路都已經走了四十五年了，今天還是第一次被車撞到ㄋㄟ！」

## 幫你買

一名蛋頭警察扭送一名年輕搶匪至派出所的途中，那搶匪突然提出要求：「叔叔，請您等一下好嗎？我想到對面便利商店買一包七星抽。」

「好小子！你當我是白癡、是智障ㄚ？你打算利用去買菸的空檔趁機逃跑對不對？門兒都沒有，我告訴你……」蛋頭警察：「這樣吧！你給我六十元，然後待在這裡等著，我去幫你買！」

## 懼內

某公司主管十分懼內，他也很好奇底下男性員工是不是都如此……

有一天，他集合公司所有已婚男士，當眾問道：「現在，你覺得自己是屬於怕太太的人站到我的右手邊，覺得自己是不怕太太的人站到我的左手邊。」

話一說完，立即引起一陣騷動，眾人皆往右邊站去，只有一個人站到左邊，還有兩個人則站在原地不動。

公司主管首先問第一個站在原地不動的人：「你為什麼站著不動呢？」

這人回答：「我太太交代過，公司若有派系之類的情事，絕對要保持中立，哪一邊都不要參加，以免被牽連，甚至慘遭解雇的命運，所以，我必須站在原地。」

公司主管再問第二個站在原地不動的人：「你為什麼也站著不動ㄋㄟ？」

這人回答：「我太太說，凡事不可自做主張，一定要先問過太太後再下定奪，換言之，請恕我先打一通行動電話回家請示看看！」

這時，眾人皆以敬佩的眼光投向那位獨自站在左邊的同事，並請他發表感言。

只見，他手指向右側，畏畏縮縮地說道：「我太太警告過我，人多的地方是非多，千萬不能盲從。」

## 抉擇

某中年男子因身體不適，到榮總求診……

醫生：「為了你的健康著想，我不得不讓你做出抉擇。」

中年男子：「咦？」

醫生：「女人和美酒，你肯放棄哪一樣呢？」

中年男子：「醫生，那要先看看她們各是什麼年份的——女人當然年紀越小越可口，美酒當然越古老越香醇。」

## 英勇救火

五股鄉有一間紡織工廠發生大火，眼看火苗快速蔓延，現場溫度越來越高，迫使所有消防隊員束手無策之際，突然……

有一輛姍姍來遲的救火車猛地單獨衝進火場之中，並且，從車上跳下數個消防救火員，拼命地灑水救火。

奇蹟的事情出現了，不到五分鐘的時間，這幾個消防救火員就把火給熄滅了。

於是，鄉長便決定頒獎給那幾名英勇的救火隊員一筆可觀的獎金。

隔天，在頒獎典禮會場上，鄉長笑容可掬地問那個小隊長：「你們打算如何使用這筆獎金ㄚ？」

小隊長尚未開口，只聽到不遠處有一個隊員喃喃說道：「當然要先把那個該死的ABS剎車器給修好囉……」

## 不准喝酒

某日，屎蛋與ㄚ花在超市門前邊喝酒邊談天……

女店員走出來說：「請你們不要在這裡喝酒好嗎？」

ㄚ花：「你們的店明明有賣酒，卻不准許客人喝，這像話嗎？」

女店員：「我們店裡也有賣保險套ㄚ！那你們兩個要不要在此公然做愛呢？」

## 買奶嘴

一年輕少婦要去便利商店買奶嘴，因為她記得奶嘴通常都和保險套放在同一個地方，所以，她一進門就問女店員：

「請問保險套擺哪兒？」

店員雖然備感詫異，但在眾目睽睽之下只得忍笑告訴她。

那少婦發現自己的失言，卻裝作若無其事的樣子走過去拿，心想：「待會兒再澄清也不遲！」

豈料，等她拿著奶嘴去櫃檯結帳時，店員與店內的顧客見狀，皆捧腹大笑不已。

## 送花哲學

Y瓜為了追求一位檳榔辣妹，決定展開鮮花攻勢……

他問花店老闆：「送一朵玫瑰代表妳是我的唯一，送兩朵代表我心中只有妳，送十朵代表完美的愛，那送九百九十九朵又是什麼意思呢？」

花店老闆想了想：「這個嘛，當然代表愛的天長地久，永無止盡囉！」

「不！代表你家很有錢——這樣的訴求才是真正的重點！」送花的工讀生插嘴說道。

## 另有妙方

有一個台商，經常到澳門、珠海、深圳等地「公幹」，因為玩的太兇了，結果那話兒就生了怪病……

他連續看了好幾個西醫，醫師都建議他：「你的命根子再也派不上用場了，且最好切掉，以絕後患。」

那台商怎捨得ㄚ！於是就跑去看中醫。

中醫師看了看說：「雖然為時已晚，嗯……不過沒關係啦！」

「真的嗎？」台商：「可是在這之前我看了很多西醫，他們都說要切掉耶！」

中醫師：「哼！西醫就是這樣死腦筋，動不動就要揮刀子，來！這瓶藥你拿去，每天塗個三次，我敢保證，兩個禮拜之內它就會自己掉下來！」

## 牛肉麵

男顧客抱怨說道：「老闆娘，這碗牛肉麵怎麼沒半塊牛肉ㄚ？」

即將收攤的老闆娘：「廢話！你吃老婆餅時有吃到老婆嗎？」

男顧客：「&@#$%！」

## 好好幹

有個大老闆某日心血來潮巡視他新開的一家沙發工廠……

看著看著，瞧見一名跟自己年紀相若的員工正勤奮地工作著。於是，他走了過去，拍拍這名員工的肩膀說：「好好幹！年齡絕對不是問題，我以前也跟你一樣，是從最基層做起的。」

那員工抬頭笑了笑，也伸手拍拍大老闆的肩膀說：「你也好好幹吧！因為，我以前也是和你一樣，是從老闆一夕之間變成工人的。」

## 走失

日本北海道有一個村落專門以討海維生，村裡的男人大半是行船人，且經常不在家。

於是，這些女人不甘寂寞，常有走私行為發生，但也總在偷情之後，會去找廟裡的老和尚告解，並請求神明的寬恕。

和尚聽了那麼多走私女人的懺悔後說：「我們做和尚的清心寡慾，實在不想聽到有關情慾之類的字眼，所以請把走私這兩個字改成『走失』，以後只要

說『走失』我就知道了。」

這樣過了幾個月，那名老和尚死了，他在臨死之前特別交代村長要把「走失」這兩個字的意思轉告新來的和尚，後來，有一名中年和尚前來接任這間廟的住持，但村長竟忘了告訴此事。

就這樣，村裡那些趁先生不在四處偷情的婦女，還是一如往昔地會於事發之後前往廟裡，並對這和尚說：「我昨天晚上走失了。」或「我今天中午差一點又走失了。」諸如此類的話。

和尚不疑有他，總是不厭其煩地回答：「只要迷途知返，那又有什麼關係呢？」

然而，這樣的狀況委實太多了，於是牧師就去找村長，並把這個現象告訴他：「村長Y！你應該在村裡多設路標嘛！」

腦滿腸肥的村長一聽，不禁哈哈大笑。

和尚不明所以，且看村長笑得那麼誇張，似乎一點也不顧慮民生疾苦，便勃然大怒：「笑什麼笑！您的大媳婦這兩個禮拜以來就已經走失五次之多了耶！」

## 命運的撥弄

警察伯伯發現有人要跳樓自殺，立刻上去阻止……

警察伯伯勸那十分沮喪的男子說：「千萬不要跳ㄚ，有什麼困難就說出來嘛！讓大家想辦法來替你解決！」

只見那男子傷心地搖搖頭：「沒有用的，一切都沒有了，一個平凡人怎能逃過命運的捉弄呢？」

「但不管怎樣，生命總有其意義存在，請把你的心事說出來吧！天無絕人之路！」警察伯伯繼續規勸。

於是，男子幽幽地說出往事：「其實，這本來是個非常好的結局——三年前，我老婆和我最要好的朋友私奔了。」

警察伯伯插嘴說：「事過境遷，都已經過那麼久了，想來你也已經不計較，甚至原諒他們了，為什麼還會想不開要自殺呢？」

「警察伯伯，你說的雖然沒錯，但昨天我這位好朋友打電話給我，說他要把妻子送還給我……」那男子愁眉不展地說：「這根本不是我希望的那種結局丫！」

## 署名

能言善道的邱吉爾首相，有一次在公開場合演講……

台下突然遞上來一張紙條，上面寫著「笨蛋」這樣的鮮明字眼。

當時，邱吉爾深切明白台下有許許多多反對他的人正等著看他出糗，於是，他泰然自若地對大家說：「剛才我收到一封信，可惜的是……寫信的人只記得署名，卻忘了寫內容。」

## 分類法

一位中年婦女到圖書館借書，他問圖書館的男職員：「請問有關『如何營造幸福婚姻』的書放哪裡？」

男職員：「這類的書是屬於少女幻想小說，請到左邊第四排櫃子去找。」

中年婦女：「那麼有關『夫妻相處之道』之類的書又放在哪裡呢？」

男職員：「ㄛ！那當然歸類於武俠小說，請到右邊最後一排櫃子去找找看吧！」

## 差別待遇

有個女病人去看精神科……

精神科醫師：「妳有什麼病狀？」

女病人：「我每次一看到帥哥，就會想打開窗戶跳下去！」

「ㄛ！」精神科醫師當場嚇了一跳：「很顯然的，妳有自殺傾向……」

女病人：「那該怎麼辦ㄋㄟ？」

「妳等等！」精神科醫師旋即轉頭跟護士說：「下次這病人來看病時，記得先叫她結帳！OK？」

## 開除

小凡對精神科醫師說：「這下可好，我聽從您的勸告——工作放輕鬆、不要忙得太晚、平時多找點娛樂，事事不要過分計較也不要放在心上——如今，我被老闆開除了。」

## 山東人

交通警察攔住一輛闖紅燈的轎車，赫然發現是個無照駕駛的老丫婆……

「丫婆，妳叫啥名？」

丫婆帶著道地的山東口音回答：「安室奈美惠！」

「哇咧……」警察：「妳是安室奈美惠？我還木村拓哉咧！」

「哪裡不對？」丫婆隨即取出身分證，指著自己的名字說：「俺是賴美惠嘛！」

## 打盹

教務主任：「剛來的代課老師，表現如何？」

班代表：「您是說李老師嗎？ㄛ，自從他接任車禍受傷的黃老師之後，同學們上課打盹的現象已經明顯改善許多了。」

教務主任：「ㄛ？他是怎麼辦到的？」

班代表：「因為他打瞌睡的鼾聲吵得講台下的同學根本難以入睡。」

## 水火不容

某日，一名中年產婦進入產房準備生產……

中年產婦：「醫生，你認為生小孩時，孩子的爹要不要在旁助產？」

醫生：「沒錯！我本身非常贊成孩子的爹在旁邊為孩子的娘加油打氣！」

中年產婦：「那糟了！」

醫生：「為什麼？」

中年產婦：「因為孩子的爹和我丈夫一向水火不容，萬一他們在旁邊幹起架來，我該怎麼辦ㄋㄟ？」

## 意外

某日，一名老魔術師搭火車欲往鄉下表演……

由於疲勞困頓，又沒有座位可坐，老魔術師便對一位小孩說：「小朋友，爺爺變魔術給你看，你讓位給爺爺坐一會兒好不好ㄚ？」

「好。」小孩點點頭。

於是，老魔術師便把他的魔術棒往窗外丟，然後又變回來。

小孩見狀，嘖嘖稱奇，很高興地把位子讓給他了。

老魔術師坐下之後，隨即打盹起來。

不久，小孩在一旁覺得很無聊，又想看魔術表演，於是就抓起老魔術師的魔術棒往窗外一扔，然後搖醒魔術師，以殷切至極的眼神說：「爺爺，爺爺，我還想看你再把它變回來！」

## 流浪漢

以下是菲律賓兩名流浪漢的對話……

甲：「一整晚下來都討不到半口飯吃，我都快餓死了！」

乙：「我也是。」

甲：「經濟再如此惡化，我們只好去台灣發展。」

乙：「聽說那裡的經濟也是每下愈況！我們幹嘛去ㄋㄟ？」

甲：「至少可以到補習班教英文ㄚ！」

## 特效藥

藥師：「這是癌症特效藥，保證有效！」

顧客：「怎麼說？」
藥師：「在這之前來買過的客人，就從此沒再來買第二罐了！」

## 率先漲價

女顧客：「縱使年關將近，但其他民生用品都還沒有漲價耶！為什麼獨獨你們理髮業就已經開始漲價呢!?」

「這沒什麼可議之處吧！」店長：「凡事從『頭』開始嘛！」

# 終於硬了

阿淦是個外務員，剛到某公司報到沒多久……

今天早上，他差點睡過頭，醒來後便急急忙忙地穿上衣服，趕著去公司打卡了。

豈料，阿淦的「小弟弟」似乎還沒睡醒，一路上都不肯「低頭」。

一進入辦公室，阿淦看到那位身材姣好、穿著暴露的辣妹工讀生，「小弟弟」也就顯得更加堅強了。

「哇！你終於硬了！」

「什麼？」阿淦緊張地回過頭去，霎時滿臉通紅、冷汗直冒，恨不得立即挖個地洞把自己藏起來。接著，辣妹又說了：「阿淦，你看！這個死印表機啦！害哇咧等這麼久，現在終於能『印』了！」

「我咧……」阿淦。

## 要求加薪

證券營業員：「老闆，股市已經突破萬點，物價指數不斷上揚，我們的底薪總該往上調漲了吧？」

老闆：「你以為我是那種做事沒原則，會跟散戶一樣隨波逐流的人嗎？」

# 包中

一群以「台大槍手」為號召、專事代考作弊，並從中謀取暴利的不肖業者，竟在某升學率不高的私立高中佈告欄上偷偷貼上這樣的門聯：

左聯——考試不作弊，明年當學弟。

右聯——寧願沒人格，不可不及格。

橫批——槍手代打！包中！

速洽：080×××168　台大槍手集團

槍手代打！包中！

速洽：080×××168　台大槍手集團

考試不作弊，明年當學弟

寧願沒人格，不可不及格

## 拒答

有位中年婦人要坐公車到板橋火車站，可是她不知道要在哪一站下車，於是就問司機先生：「資機先生，頂問疑下，幫僑否車戰代哪裡下車丫？」（司機先生，請問一下，板橋火車站在哪裡下車？）

司機先生沒理她。她又問：「頂問疑下，幫僑否車戰代哪裡下車？」（請問一下，板橋火車站在哪裡下車？）

司機先生還是沒理她，這時旁邊有位學生，實在看不下去了，於是就告訴那位中年婦人板橋火車站下車的地方。

中年婦人小姐下車之後，學生問公車司機：「司機先生，剛剛那一位小姐問你，板橋火車站在哪裡下車，你為什麼都不告訴她呢？」

司機先生轉過頭來，頗為無奈地說：「不速偶不告速她，偶速怕如果偶這樣收，她會以為偶在鞋她，安呢不好啦！」（不是我不告訴她，我是怕如果我這樣說，她會以為我在學她，這樣不好啦！）

## 婚姻欄

傳統履歷表當中的婚姻欄只有「已婚」、「未婚」兩種選項，但老闆卻強烈要求本公司的人事部務必改成以下型式，以便符合時代潮流，並且視為錄取與否的重要參考依據。

A、□未婚，無小孩。

B、□未婚，但有小孩。

C、□已婚，有登記。

D、□已婚，尚未登記。

E、□已婚，有登記，有小孩。

F、□已婚，尚未登記，但有小孩。

## 不甜免錢

某水果攤位的招牌是這樣麼寫著的：「椪柑一斤十元！不甜免錢！」

Y瓜於是走了過去，問：「頭仔！不甜ㄟ甘真正免錢？」

「當然囉！」老闆：「這攏是偶種的ㄋ

ㄟ，有甜沒甜偶哪會不知影！」

ㄚ瓜：「好！那安呢我買沒甜的，殘殘秤五斤就好啦！」

## 罪犯專訪

話說，陳進興挾持南非武官一家大小當天，現場氣氛劍拔弩張，牽一髮動全身，隨時都有人可能命喪槍下。

這時，警政署某大官為了緩和陳嫌緊繃、躁動的情緒，遂決定讓某電視台記者與陳嫌進行電話專訪……

記者：「你不要生氣啦，有話慢慢講……」

陳嫌：「好啦好啦！」

記者：「陳先生，如果讓你重來一次，你想做什麼呢？」
陳嫌：「我想出國啦！台灣的治安實在有夠壞！」
記者：「哇咧……」

## 誰是好色男

ㄚ瓜、ㄚ呆與ㄚ淦三人，由於失業過久，決心先找個「三七仔」的工作混一混再說。

皇天不負苦心人，他們跑遍了整個色情行業最猖獗的大台中地區，最後終於找到一位專門控管「大陸妹」的職業老鴇。

但那老鴇說，由於她旗下的大陸妹個個年輕貌美，為了預防三人擋不住誘惑，進而發生騙吃、拐跑等情事，所以必須先考考「定力」，才能決定他們是否能勝任此一職務。

首先，老鴇要三人到大廳內排排站，並且把所有身上的衣服全部脫光。

接著，老鴇在每個人的「那話兒」都吊上了一個鈴鐺。

然後，老鴇請出旗下長得最妖嬌的大陸妹，開始在三人面前寬衣解帶……

突然「叮」地一聲，ㄚ瓜的鈴鐺響了。

老鴇旋即對ㄚ瓜搖頭說道：「你的定力未免太差了吧，企！先下企洗個三溫暖休息一下。」

過了一會兒，這大陸妹開始大跳情色艷舞。

突然「叮」地一聲，ㄚ呆的鈴鐺也響了。

老鴇只得再度搖頭說道：「欸！你也好不到哪裡企啦！先跟ㄚ瓜下企泡個澡休息休息！」

場上就只剩下ㄚ淦一人繼續應考，於速，大陸美眉趨身向前，開始對他搔首弄姿，極盡挑逗、愛撫之能事。

然而，ㄚ淦依然不為所動。

老鴇看了非常高興，讚不絕口地說：「確實有檔頭！你的定力非常棒！辛苦你了，你現在就跟ㄚ瓜、ㄚ呆一起下企泡三溫暖吧！待會兒我再公佈成績。」

這時，只聽見「叮」地一聲巨響，ㄚ淦的鈴鐺終於發作了。

# 二奶的情書

一位台商在大陸包二奶，她寄來的情書十分爆笑，以下是內容摘要：

親愛的明德：

我們的愛，在你英明的領導和我無限的關切之下，共創輝煌，兩年來正沿著健康的道路蓬勃發展——從以下數據更足以證明：

一、我們共通信150封，平均4.87天一封。其中你寫給我的信55封，佔36.7%；我給你的信95封，佔63.3%。

二、每封信平均1041字，最長的達6221字，最短的也有215字。

三、我們共做愛139次，平均5.2天一次。其中你主動約我103次，佔74.1%；我主動約你36次，佔25.9%。這中間，你只有三次未完成作業，而我也只有七次未達到絕頂而已。

以上數據，充分說明兩年來我們交往的真實情況，也間接證實我們已有某種程度以上的戀愛共識。換言之，我們的愛是建立在互相瞭解、互相關心、互相幫助、互相慰藉等等平等、互惠的原則上。

相信在新的一年裡，我們的愛必定會像你的事業一般，蒸蒸日上、充滿奇蹟，開創無與倫比的新局面。

在此，我還要提出個人衷心的建議，以供你做參考：

一、要圍繞一個「愛」字——不分彼此！

二、要狠抓一個「親」字——至死不渝！

三、要落實一個「合」字——永不分離！

且讓我們弘揚愛情的紀律與中國人奮鬥的精神，共同振興我們未來的家吧！

最後，請代我問候你台灣的老婆一聲「好！」

你的歡歡

## 診斷

宴會上，阿呆和一位精神科醫師正在聊天……

阿呆：「您都怎麼診斷病人的Ｙ？」

精神科醫師：「我都會先問他們一些簡單的問題，然後再做判斷。」

阿呆很感興趣地追問：「是什麼樣的問題？能不能舉例說明？」

「好。」精神科醫師：「比如說，有個女人這輩子先後結七次婚，卻不幸在其中的一次去世了，請問是哪一次？」

阿呆猶豫片刻，茫然地說：「嗯……我不瞭解女人ㄝ，您能不能舉其他的例子？」

## 爬窗

台灣本土金融風暴再起，有一間地方性銀行因此罷工……

一名老婦人打電話向銀行詢問：「ㄟ？你們今天會開門營業嗎？」

行員：「雖然照常上班，但因為絕大多數職員罷工，所以只開一個窗口營業！」

「哇咧……那窗口高不高ㄚ？」老婦人：「我都已經快七十歲的人了，太高恐怕無法爬進去ㄛ！」

# 職場順D溜

振作出門找事情，最好錢多離家近。
上班聊天吃點心，主管來了不必驚。
早退走人你最行，晚到說是出外勤。
路遙便能知馬性，日久總會見人腥。
主管訓斥不必聽，大不了領資遣金。
天天打混休假勤，出差應酬別人請。
金卡銀卡刷不停，吃喝玩樂錢照領。
金融風暴不憂心，雙B跑車任我行。
說來只有鬼相信，哪有這款好代誌。
原來作夢尚未醒，職場打滾淚滿襟。

就現實情況而言，職位的高低與「工作能力」和「工作壓力」通常都是成正比的。

A、一般職員——輕鬆的小角色。

B、組長——能者多勞的小跟班。

C、主任——神經必須大條的小頭目。

D、副理——無法跟妻兒共進晚餐的小演員。

E、經理——高血壓兼糖尿病患者。

F、副總經理——從棺材中伸出手簽字的糟老頭。

## 新財富論

A、政府高層：「若要富，國有資產當私庫。」

B、基層官員：「若要富，來賄賂，印章底下出財路。」

C、風塵女子：「若要富，露私處。」

D、亡命之徒：「若要富，搶金庫。」

E、包商：「若要富，金錢買通路。」

F、建商：「若要富，工程換豆腐，管它橋塌、房倒、活人哭。」

## 升官秘法

**一、搶功勞**——設法在起跑點上偷跑，做個吃人不吐骨頭的野獸，勸撿上司、同僚、部屬不慎遺落或辛苦打下的戰利品。

**二、拍馬屁**——當個逢迎諂媚的弄臣，並採二十四小時緊迫盯人的方式，對部門主管極盡搖尾相迎之能事。

**三、裝糊塗**——背信忘義，絕不扛錯誤之責。

**四、找替死鬼**——絕不扮惡人，並使有能力的同仁產生衝突、對幹等情事。

**五、逆來順受**——刻意流露「敬業樂群」的虛偽形象，向嚴肅的上司展現負責、向悲觀的上司展現幽默、向好色的上司展現媚功、向故弄玄虛的上司展現神秘。

**六、攀龍附鳳**——也就是入境隨俗地攀裙帶關係，設法親近公司裡最具權威的人士。若能泡到董事長的女兒或槓上總經理的兒子，自可輕鬆達到「內舉不避親」之目的。

**七、順勢遞補**——設法把您的直屬上司逼走、趕走、氣走或推到別的部門，您自然就有機會填補他的空缺。

**八、收買人心**——也就是對同仁施以小惠，讓那些既得利益者、白目盲從者自願在主管面前推舉你。

**九、佔菜鳥便宜**——在主管疏於監視的情況下，盡量把瑣事交給菜鳥去做，這方法特別適用於剛出社會、熱情而害羞的職場新鮮人，可藉此減輕工作量，使自己能更有餘裕地充實專業技能或業績表現。

若能善用以上伎倆，升職的機會應該沒啥問題，但在施展這些旁門左道的過程中，仍需留意自己的手腳夠不夠俐落、有無露出破綻等問題，以免事跡敗露，進而成為眾矢之的，那可就糗大了。

## 哀悼

某個陰霾的夏日午後，ㄚ花穿著黑色套裝、愁容滿面地走進一家西藥房……

西藥房老闆見了她便親切地問：「小姐，妳看來氣色很差ㄋㄟ，究竟是哪裡不舒服ㄚ？需要什麼藥？」

豈料，ㄚ花只是淡淡一句：「請給我一盒黑色的保險套！」

西藥房老闆滿臉疑惑，東翻西找了老半天，都找不到黑色的保險套，只好無奈地對ㄚ花說：「很抱歉，我們店裡沒有賣，不

過，有其他色樣的，包括帶有顆粒的、能快速使女人奔向高潮的螢光保險套，妳何不試試？」

只見丫花嘆了一口氣，冷不防地說：「事情是這樣的，我有個姊妹淘前幾天不幸自殺身亡，我現在要去安慰她老公，但基於習俗和尊重死者，應該用黑色的保險套才對！」

## 軍警票

大牛正在兜售黃牛票：「爆滿囉！已經爆滿囉！要買就快——一張四百五！」

這時，有個便衣女警察走了過來。

不知情的大牛問：「小姐，妳要買幾張ㄚ？」

便衣女警察：「ㄟ！我是警察ㄝ！」

「咦？是軍警票ㄚ！」大牛不假思索地說：「那就便宜賣，一張算妳三百五好了！」

## 抽菸的好處

在公園裡，有個正在抽菸的男子猛地被他的女友訓斥了一頓：「叫你別抽你還抽！如果你沒把菸戒掉的話，這輩子休想要我嫁給你。」

突然，有位流浪漢走上前來，大聲說道：「這位小姐，妳光考慮抽菸的害處，這樣未免有欠公平。其實，抽菸也有三大好處ㄛ！一、狗怕抽菸的人。二、小偷不敢偷抽菸人家。三、抽菸者可永保年輕。」

對於流浪漢的仗義執言，一時間，那男子不禁喜形於色。至於他的女友，則嘟起嘴來追問：「為什麼？」

於是，流浪漢補充說道：「因為——一、抽菸者大都駝背，狗見了會誤以為此人正要撿地上的石頭丟牠。二、抽菸者在夜裡常咳嗽，小偷會誤以為此人還沒睡，所以不敢登門造訪。三、抽菸者幾乎都很短命，可永遠停滯在身故的年紀，不必為年老了、變醜了而苦惱。」

「總之，如果你不抽的話，就把那包菸賞給我吧！」那流浪漢緊接著說。

## 誤會

一對男女到餐館用餐，點了幾道價格不低的菜——

其中有一道是清蒸石斑魚，女的嚐了一口說：「早知道是這樣的菜，我們兩個禮拜前就應該來吃了！」

「一點都沒錯！」男的說。

站在一旁的現場經理聽了，高興至極。

豈料，那男的緊接著說：「其實這條魚若早一星期來吃，其新鮮度也應該還可以啦！」

## 她奶奶的

警察甲：「剛才那位美眉闖紅燈，我要開她罰單時，順口問車子是不是她的，她說不是，是她祖母的。」

警察乙：「我就知道，她年紀輕輕的，怎麼可能有錢買這麼昂貴的車子來開。」

警察甲：「沒錯，我問她時，她低聲說：『她奶奶的！』」

## 哆啦A夢

某精神病院辦公室。電話鈴聲猛然響起——

「喂！我找哆啦A夢！」

精神科醫師：「小鬼，你漫畫看太多了吧？這裡哪來的哆啦A夢Y？」

「ㄛ，對不起！那我打到靜香家找找看！」

半分鐘之後，電話鈴聲再度響起——

「Hello！哆啦A夢在家嗎？」

精神科醫師：「哇咧——你神經病Y!?我們這裡沒有哆啦A夢啦！」

「ㄡㄡ——真是對不起呀！那應該在小夫家！」

一分鐘過後，電話鈴聲又響了——

「嗨！我是哆啦A夢，剛剛大雄找我嗎？」

精神科醫師：「&$#%！」

# 說台語

有位外省第三代的領隊小姐，閩南話說得不好，但因工作實際需要，所以就努力聽、用心學，希望有朝一日能把台語講得跟國語一樣棒。

某日，她剛好帶了一團阿公阿媽旅遊團，心想這正是表現的大好機會，所以就在遊覽車快到目的地時，拿起麥克風對著車上的阿公阿媽說起台語來了：

「各位公媽（阿公阿媽），咱咧墓地（目的地）已經到Ｙ，請你們嘸通忘記個人的牲禮（行李），在這代表本公司向大家ㄅㄞˋㄅㄞˋ（拜拜），希望大家盡量去雲遊四海，玩到日落西山以前鬥轉來就會使——」

阿公阿媽們：「＄＃＠％！」

## 地圖

Ｙ操到書店裡買書：「老闆，我想買本書，但我希望裡面的內容沒有情愛、沒有鬥爭、沒有仇殺、沒有懸疑、沒有推理、沒有千萬富翁、沒有道德教條，也沒有帥哥美女——你有沒有這樣一本書呢？」

老闆：「有。當然有。這本《台灣街道地名圖集》您覺得怎樣？」

## 兩種語言

一隻流浪狗在逛街時，看到某店面貼了一張徵才廣告：「徵店員一名——熟電腦，諳打字，精通兩種語言以上。無論男女、不分種族、機會均等、享高待遇。」流浪狗於是跑進去應徵，但卻被拒絕了。

主試者說：「就算本店的生意再怎麼差，也絕對不會僱用一隻狗來向客人乞憐的！」

流浪狗於是指著「機會均等」的地方表示抗議。主試者：「開什麼玩笑？你會打字嗎？」

流浪狗於是跑到打字機前，很快地打了一封商業書信。主試者又問：「那你會打電腦嗎？」

流浪狗忙不迭又跑到電腦桌前，霹哩啪啦地寫了一個程式，且正確無誤。

主試者見狀，儘管嘖嘖稱奇，但隨後依然板起臉孔說：「就算你會打字、精通電腦，本店還是無法錄用你，因為我們需要的職員至少要會兩種語言！」

這時，流浪狗氣得跳上桌面，復又軟綿綿地趴下，對著主試者叫了幾聲：「喵喵……喵……」

## 吃相

心理系學生：「有三位妙齡女郎在路上吃冰棒，第一個用咬的，第二個用舔的，第三個用吸的，由此研判，請問哪一個結婚了？」

教授滿臉通紅，很不好意思地回答：「嗯——我猜——應該是那個用舔的吧？」

心理系學生：「不是！是手上有戴結婚戒指的那個！」

## 紅綠燈

有位開著高級轎車的辣妹，車子突然在十字路口中央熄火，怎麼發也發不動——

站在一旁的交通警察注意了好久，看著紅燈變綠燈、綠燈變紅燈，但那位辣妹還是停在路中央，依然動彈不得。

於是，交通警察忍不住走了過去，問：「ㄟ！就只有這兩種顏色而已，難道都沒有妳喜歡的嗎？」

## 問題家庭

大鳥的父親是個牧師，經常要到監獄裡感化犯人；大鳥的母親則是某慈善機構的義工，經常會去鄰近的修道院打打雜。

一日，大鳥的父母雙雙外出，獨留他一人在家裡打電動玩具。突然，電話響了──

大鳥正玩得火熱，於是很不耐煩地拿起話筒說：「喂！家裡沒大人了啦，老爸在監獄，老媽去了修道院。OK！再見！」

## 怕什麼

駕訓班的教練鼓勵剛取得駕照的ㄚ花：「妳大膽開車上路嘛！怕什麼？」

ㄚ花：「可是，我還是有點怕怕的──」

教練：「該怕的是我還有那些倒楣的路人——不是妳！」

## 上班族如何摸魚打混

一、太危險、沒有保險的事——不搞！
二、太累人、會傷害身心的事——不幹！
三、太影響前途、卑鄙無恥的事——不做！
四、太勞民傷財、滿腹委屈的事——不要！

## 意外的旅客

酒醉的鄉巴佬ㄚ榮，挺著啤酒肚搖搖晃晃地走進一家五星級大飯店——

他向櫃檯小姐表示要在此住一晚。

「好的，先生，您來得正巧，我們飯店最便宜的單人房就只剩下一間了！」櫃檯小姐說。

於是，侍者就帶著ㄚ榮前往六樓的套房。

走著走著，酩酊大醉的ㄚ榮忽然看見房門竟自動打開了——

「嗯。很先進ㄛ！」ㄚ榮心想。

然而，待ㄚ榮探頭一看，不禁勃然大怒：「你們開黑店ㄚ!?坑人吶！房間再怎麼便宜，總不能連個窗戶都沒有吧!?」

「哇咧！」ㄚ榮再仔細看了一下，緊接著又是一陣破口大罵：「你老師咧！你們真夠黑ㄛ！房間裡居然連個廁所、浴缸也沒有！」

這時，帶路的侍者也開始不耐煩起來了，他大聲疾呼：「先生，請你快進來好嗎？這是前往六樓房間的電梯啦！」

## 紅龜粿

一個風雨交加的夜晚，ㄚ瓜開著他的黃色計程車在街上穿梭——

不久，有個披頭散髮、五官相當失控的醜女上了他的車，說要到石碇山區。於是，ㄚ瓜便火速朝石碇鄉駛去。但在半途中，那少婦拿出了一個紅龜粿，低著頭開始吃了起來，吃完了，她又拿出另一個，就這樣，吃了一個接著一個。

ㄚ瓜好奇問道：「妳好像很喜歡吃紅龜粿ㄛ！」

那少婦依然低著頭說：「是ㄚ！紅龜粿真是人間美味，我生前最愛吃了。」

ㄚ瓜一聽，當下齒牙驚顫、屁滾尿流——

突然，少婦抬起頭來又說啦：「但是生完第二胎之後就很少吃了。」

# 不夠大

某中年富商開著勞斯萊斯，帶著年輕貌美的女秘書到郊外兜風——當他們行經荒郊野外，打算就地「打野食」之際，卻遠遠望見幾個凶神惡煞急步衝了過來，似乎有攔路打劫之意。

二人見狀，嚇得不知如何是好。

突然，女秘書靈機一動：「老闆，不如你把貴重的首飾、鑽戒都塞入我的小洞穴裡以減少損失。」

果不其然，搶匪將他們攔下之後，便喝令他們脫光身上的所有衣物，接著搶走了他們的一切，且旋即開著富商的勞斯萊斯揚長而去。

一絲不掛的富商，望著漸漸遠去的搶匪，不禁感嘆說道：「欸！要是我那黃臉婆在這裡就好了——她可是什麼東西都塞得下呀！」

## 大拍賣

某日，路邊攤皮包大拍賣——

業者：「今日慶祝總統府鬧緋聞，凡是現場看得到的皮包一律一百五賤價出售！」

Ｙ花翻找了老半天之後，對業者突發其語：「老闆，我要你身上背的那個！」

## 等待何時

患者：「醫生，我頭痛得很厲害。」

醫師：「您多大年紀了？」

患者：「昨天剛滿六十歲。」

醫師：「二十歲時頭痛嗎？」

患者：「不頭痛。」

醫師：「四十歲時頭痛嗎？」

患者：「也不頭痛。」

醫師：「那現在不頭痛，要等到什麼時候才頭痛Y!?」

## 沒插好

女：「帥哥，你可不可以插好一點？」

男：「好，沒問題。」

女：「可不可以拉出來一點，再拉出來一點點，對，就是這樣。」
男：「哇咧——妳很挑剔耶！」
女：「太出來了啦！再插深一點，要不然等一下會噴出來喲！」
男：「不會吧！這方面我會控制得很好。」
女：「跟你講不聽，這下可好，你看都噴出來了啦！還噴得我全身都是！」
男：「不好意思，那只收妳八十五元就好。」
女：「哼！下次不找你服務了！」
（以上為女騎士與加油站男工讀生的對話）

## 吩咐

某富婆新雇一名女傭。

富婆：「妳在這裡工作，最要緊的是服從命令，我叫妳做什麼就做什麼，不叫妳做的妳就不要做，知道嗎？」

過一會兒，富婆吩咐開飯，女傭就走進廚房端了一碗飯上來，然後站在一旁一動也不動。

富婆：「菜呢？」

女傭：「您沒有下命令ㄚ！」

「妳的腦筋怎麼那麼死？菜和飯是有連帶關係的，妳見過誰吃飯不配菜嗎？」富婆氣急敗壞地提示她：「比方說，我想泡個澡，那麼——香皂啊，毛巾啊，這些有連帶關係的東西都要跟著準備好，不必我另行吩咐，懂了嗎？」

「是！」女傭點頭示意。

一個禮拜之後，富婆上吐下瀉，腸胃很不舒服，便命令女傭立即去請醫生。但過了好幾個時辰，女傭這才上氣不接下氣地跑回來，說：「夫人，除了醫生之外，另一些有連帶關係的人，我也都請到了！」

富婆：「什麼連帶關係的人ㄚ？」

「護士啊、警察啊、道士啊、殯儀館人員啊、棺材店老闆啊、妳的前任丈夫和現任情夫啊——他們統統都在大門外恭候了。」

## 陳述事實

法官：「你是這件兇殺案的目擊證人嗎？」

目擊者：「是的。」

法官：「證人，在法庭上作證時，只要說出自己親眼目睹的事實就好，不要亂扯，也不要說出聽別人講的話，懂嗎？」

目擊者：「是！我瞭解。」

法官：「好，那麼首先說說你的出生地及出生日期？」

目擊者：「法官大人，請恕在下難以奉告，因為我出自單親家庭，這些全都是聽父親講的。」

## 墓誌銘

南投山區住著一位風水大師，他是個始終守身如玉且頗感自豪的老處男──

他預言自己將不久於人世，於是告訴村裡跟他配合多年的葬儀社的老闆說，他死後的墓誌銘要這麼寫：「生是處男，死是處男，獨善其身，自得其樂。」

不久，風水大師真的在睡夢中被土石流淹沒而平靜地過世了，葬儀社老闆便告訴刻墓碑的石匠他想要的墓誌銘。

然而，這石匠是個實事求是、鐵齒不信邪的傢伙，他想了想，認為這墓誌銘既冗長又囉嗦，於是就自作主張地改寫成「前功盡棄，後繼無人」。

## 歸屬權

有一對從事飲料販售業的夫妻，由於日久生厭，遂決定走上離婚一途。然而，他們卻為孩子的歸屬權問題爭論不休——

妻子：「孩子是我十月懷胎、辛辛苦苦才迸出來的，如此居功厥偉，孩子自當屬於我的！」

「去妳的擔擔麵啦！」丈夫：「我們每天接觸自動販賣機，難道連這麼簡單的道理妳都不懂嗎？如果我投二十元硬幣進去，掉下了一罐咖啡，那這罐飲料是我的還是自動販賣機的？」

妻子：「我咧@＃＄％＆——」

## 捐款

有一個婦女基金會的代表到某上市公司的辦公室找總裁——

基金會代表：「先生，您能否捐點錢，好幫助這社會上的公娼啦、私娼啦、賣身少女啦——助她們早日脫離風塵界？」

「我不捐款！」總裁：「因為，我通常都會以最直接的方式去幫她們的忙！」

## 擇偶

婚姻介紹所專員正介紹一個急於想結婚的男人給三名女會員認識——

十九歲的少女：「那個男人的長相如何？是不是很英俊、很挺拔呢？」

二十九歲的女郎：「那個男人在從事什麼？月薪多少Y？」

三十九歲的老處女：「在哪裡？快告訴我那男人現在在哪裡？」

## 環保問題

英國首相威爾遜在一次演講當中，突遭異議份子從中高聲打斷他的談話：「垃圾！狗屎！」

受到干擾的威爾遜，不僅沒有當場發飆，且情急生智，以極為幽默的

口吻說：「這位先生，請稍安勿躁，因為我待會兒就要講到您所提出的環保問題了。」

## 上班族愛情學

- 愛情是——無形資產。
- 人情是——流動資產。
- 緣分是——業外投資。
- 情人是——應收帳款。
- 想念是——分類帳簿。
- 錯愛是——高估獲利。

● 吵架是——打消壞帳。

● 暗戀是——製造呆帳。

● 分手是——清算資產。

● 誤會是——錯估行情。

● 解釋是——更正型錄。

● 復合是——廢物利用。

● 眼淚是——爭取權益。

● 回憶是——損益總表。

## 狂犬病

醫師：「小姐，我必須向妳宣佈一個壞消息，根據我仔細檢查的結果，證實妳已經得了狂犬病。」

「真的？」病患詫異至極：「那麼，請給我一張紙和一枝筆吧！」

醫師：「小姐，搭妳嘛幫幫忙，這又不是什麼不治之症，何必立遺囑呢？」

患者：「不！我是想要把我準備要咬的人，先列一份清單。」

## 百般引誘

首長室女秘書一心想勾引她的老闆，可惜始終無法得逞——

一日，女秘書上街看到一件紅色性感內衣，於是不死心地買下，期待老闆在批公文時能有所反應。

然而，當女秘書穿著薄而透明的襯衫在老闆面前晃了一整天，老闆卻依然無動於衷。

第二天，女秘書特地換了一件鵝黃色性感內衣，結果，老闆還是沒有任何反應。

這時，女秘書再也按捺不住了，她索性把內衣脫掉，裸露著上半身在老闆的面前呈遞公文。

還好，皇天不負苦心人，老闆終於開口說話了：「李小姐，妳昨天穿的內衣熱情如火，剛剛穿的內衣性感迷人，可是——這件肉色的內衣，妳——妳不覺得應該燙平一點再穿嗎？」

## 台灣客

一對台灣新婚夫婦到大陸自助旅行，他們向朋友借了一部八〇年代的跑車，計畫從深圳一路玩到北京去。

開了好幾個小時的車之後，他們覺得很累，也很想嘿咻嘿咻，遂決定去飯店QK一下（他們打算睡幾個小時就離開，繼續趕他們的旅程）。

待他們休息足夠後，便到櫃檯去結帳，豈料，服務人員遞給了他們一張人民幣一千兩百元的帳單。

太太很驚訝地問：「這雖然是一家豪華飯店，但也不至於需要這麼貴吧！想坑殺我們台胞是不是？讓我跟你們的經理談談——」

飯店經理：「我們這裡有符合五星級飯店的一切設施，如：游泳池、三溫暖、會議室，還有高爾夫球場，所以，收費高一點是很合理的！」

太太：「可是我和我先生都沒有用到Ｙ！」

飯店經理：「這些設備都確實存在，是你們自己不用的，怪誰Ｙ？」

先生看太太拗不過，也就心不甘情不願地開了張支票給櫃檯小姐。

飯店經理：「先生，你這張支票只開了兩百元，還有一千元呢？」

先生：「這一千元是你跟我老婆上床的費用。」

飯店經理：「胡扯！我又沒有用到Ｙ！」

先生：「她一進飯店房間就一絲不掛，是你自己不來享用的，怪誰Ｙ!?」

# 辦公室美女新解

一、財務部的說法：二十歲美女為「外銷品」；三十歲美女為「內銷品」；四十歲美女為「滯銷品」；五十歲美女為「報銷品」。

二、人事部的說法：二十歲美女，各部門拼命搶著要；三十歲美女，硬性規定才肯接；四十歲美女，能閃盡量閃；五十歲美女，大家踢著走。

三、業務部的說法：二十歲美女(What are you ?)；三十歲美女(Who are you?)；四十歲美女(How are you ?)；五十歲美女(Where are you ?)。

四、企劃部的說法：二十歲美女恰似「橄欖球」——人人追；三十歲美女恰似「棒球」——一人追；四十歲美女恰似「桌球」——常被人推來推去；五十歲美女恰似「足球」——總被人踢來踢去。

五、法務室的說法：二十歲美女乃「無主物」——歡迎高價搶購；

三十歲美女乃「遺失物」——要嘛就趕快認領；四十歲美女乃「回收物」——拍賣為宜；五十歲美女乃「埋藏物」——能不現身最好。

## 職場「三字經」新解

**一、人之粗，性本擅**——長得比較粗壯的男同事或男客戶，想必他們在性愛方面也會較為擅長。

**二、性相近，習相遠**——男上司和女下屬一旦有了不可告人的姦情發生，所謂的辦公室禮儀和優良傳統習俗也就蕩然無存了。

**三、苟不叫，性乃謙**——在辦公室偷情，不刻意發出淫蕩聲浪者，足以證實其性格較為謙虛。

**四、叫之道，貴以鑽**——要使女同事發出嬌喘聲浪的方法，貴於男同事那話兒「鑽」的技巧。

**五、癢不叫，負之過**——讓女同事情慾難耐卻不敢主動示愛的根本原因，其實就在於男同事大都太過自負了。而這樣的過錯，追根究底，往往也只是男同事一時忽略愛撫技巧或持續力罷了。

**六、叫不言，師之惰**——要求女部屬發生性關係，但她卻不發一言、冷漠以對，誠然是身為上司的人平時疏於放電、懶惰成性的惡果。

## 四次機會

有一個中年男子得了不舉之症，便到鄉下找一密醫求助——

這密醫顯然是個神棍，所以使用最古老、最離奇的催眠法來幫他醫治。

「從現在開始，這方法只能施展四次，四次一過就破功了，屆時你必須再回來找我，並且重新付費！」密醫說。

中年男子說：「什麼？四次而已？哎——也好啦！」

於是，密醫便將秘訣告訴他：「如果你想讓那話兒變大，就喊『嗚』——反之，喊『噓』則會馬上回復原狀。」

中年男子銘記密醫的說法，就很高興地坐火車回家。

豈料，火車總共經過三個山洞，每次進入時都鳴汽笛「嗚——」，出來時都鳴汽笛「噓——」，結果，就這樣倒楣地用掉了三次。

中年男子回到家已是半夜，就剩下那麼寶貴的一次機會而已。

他摸黑進入房間，隨即大喊：「老婆老婆！妳看，嗚——」結果，他那睡得很沉很沉的老婆揉揉惺忪的雙眼說：「我很睏ㄋㄟ，噓——不要吵我啦！」

## 虎頭蜂

有一對年輕情侶在天體海灘盡情享受日光浴——突然，一隻虎頭蜂鑽進女的私處，男的連忙拿毯子蓋住，抱她上車，並且一路飆到醫院。

經過婦產科醫生審慎的檢查，發現虎頭蜂跑得太進去了，一時之間，用鑷子根本夾不出來。

婦產科醫生遂建議：男的把蜂蜜汁塗在龜頭上，然後放入女的體內，藉以引誘虎頭蜂出來覓食——只要男方一有刺痛感，即可抽出，再用鑷子去夾。

可是——男的緊張過度，加上擔心命根子因此受創，所以一直無法勃起。

婦產科醫生見狀，便自告奮勇地說：「救人乃醫生的天職，這樣吧！若兩位都不反對的話，本人倒是願意冒險試試。」

由於這對年輕情侶一時之間也想不出其他更好的辦法，只好一口答應了。

於是，婦產科醫生很快脫去制服，卸下內褲，抹上蜂蜜，直搗黃龍——

只見，那婦產科醫生汗流浹背地抽送了近十分鐘之久，依然事與願違。

男的越看越覺得不對勁，忍不住問道：「ㄟ，到底怎樣了啦？」

「計畫不得不生變了！」婦產科醫生：「目前我們唯一能做的，就是用淹死法來解決那隻狡猾的虎頭蜂！」

## 出運

有個大卡車司機，一年前送貨時不幸撞傷了一位路人，路人訴諸法庭，得到了一筆很大的賠償金。

半年前，他的大卡車又闖入民宅，兩名傷者同樣訴諸法庭，也紛紛得到一筆很大的賠償金，迫使這位大卡車司機瀕臨破產的邊緣。

某日，當他閒坐在家時，他的孩子突然慌慌張張地跑進來說：「爸爸！代誌大條ㄚ！！媽媽騎腳踏車被一輛大卡車撞到了啦！！！！」

豈料，這大卡車司機竟然高興地流出淚來，他以激動的語氣大叫：「謝天謝地，所謂時來運轉，這下我終於出運ㄚ！」

## 抓小便

嗶——嗶——嗶——

救生員：「這位先生，請您不要在泳池中小便好嗎？」

ㄚ淦：「在游泳池中小便的人這麼多，你為什麼只抓我？」

救生員：「可是——就只有你兩手叉腰，還吹口哨ㄚ！」

## 不倫不類

某日，ㄚ花的錄音機壞了，男友ㄚ草得知此事後，就帶著她拿去電器行修理——

只見，那正經八百的老闆將錄音機放在地上，然後彎下身來不停地按著每個按鍵，還不時以眼斜瞄丫花裸露的雙腿，因為當時天氣熱，丫花穿得比南崁交流那些檳榔西施還要辣。

不久，那老闆竟然吐出一句話說：「不倫不類！」一旁的丫草本來就感到莫名其妙，這下聽了更是火大，於是便衝向前去抓住老闆的領口說：「你講啥？有種再說一次！」

那老闆當場嚇了一大跳，急忙辯解：「偶——偶速說，這錄音機不能playㄋㄟ！」

## 判斷力

一對男女走進一家高級服飾店，女的正對一件風衣愛不釋手地欣賞

著──

店員：「您猜他會不會買給她？」

老闆娘看了這男生左手無名指上所戴的戒指一下下，以非常肯定的語氣說：「鐵定不會，因為他們已經結婚了！」

## 動手術

病人：「醫生，請坦白告訴我吧？我這次手術的成功率究竟有多少？」

醫生：「連這次手術，我已經有二十次動刀的經驗了。」

病人：「好。那我就放心了──」

醫生：「其實——我也真的很希望能成功一次。」

## 黑盒子

一架未搭載旅客、只坐Ａ、Ｂ、Ｃ三位女空服員的輕型飛機，在藍天白雲裡恣意翱翔著——

然而，幾分鐘過後，飛機突然遇上亂流，整個機身上下嚴重抖晃，一時之間機長也控制不了。

沒多久，這架飛機果然進入了暴風圈，頓時雷雨交加，使整架飛機有如紙鳶一般搖搖欲墜。

機長見局勢不妙，立即拿起麥克風喊叫：「各位空服員，本機顯然就要失去控制，隨時有迫降的可能，請大家坐在原地、繫好安全帶，千萬不要害怕！」

A女空服員聽完機長的指示，立刻拿出粉盒、胭脂和鏡子，馬上往自己的臉上開始塗抹起來。

B女空服員和C女空服員看了A女空服員怪異的舉動，不禁好奇地問：「A！妳是不是秀逗了？這時還有心情補妝？」

只見，A女空服員笑著回答：「妳們才秀逗呢！當搜救人員看到漂亮臉孔的我，勢必會率先搶救的！」

B女空服員一聽，二話不說，立刻把自己的上衣脫掉，並把胸罩徹底解開，頓時，粉白、粉嫩的兩個大波也就表露無遺了。

A女空服員和C女空服員看了十分詫異，連忙就問B女空服員：

「B！妳是不是嚇傻了，為什麼脫成上空裝呢？說真格的，我們可沒心情讚賞，快點穿起來吧！」

只見，B女空服員慢條斯理地回答：「才不要呢！當搜救人員看到我這對豪乳，相信他們一定會先跑過來救我的！」

C女空服員聽完，自是不甘示弱，她馬上就把自己的裙子脫了，且順手把底褲也一併除去。

A女空服員和B女空服員看了大為震驚，當下一起叫道：「C！妳是不是真的嚇到頭殼壞了？幹嘛讓自己身體最私密的地方給曝光了呢？」

只見，C女空服員笑了笑，不假思索地回答：「哼！虧妳們幹空服員這麼久了，莫非真不知道搜救隊員第一個要找的——正是『黑盒子』嗎？」

## 訓示

某男校週會即將結束，訓導主任正在做最後的訓示：「總之，各位同學無論身在何處，都要牢記自己是本校的好學生，不可以飆車，不可以聚賭，不可以抽菸酗酒、打架滋事。再者，如果有女生喜歡你、糾纏你，你也要自己問自己，值得為了一、兩個小時的歡愉，毀了人家一生的名譽嗎？好了，你們還有什麼問題沒有？」

全場一片靜默，突然──傳出一個稚嫩沙啞的聲音說：「請問訓導主任，我要怎麼做，才能讓它持續一、兩個小時呢？」

# 如何致富

記者訪問一位極為富有的政治人物：「請問您是如何致富的？」

「如果你不把這一段話錄音、記錄下來，我就告訴你正確答案！」

記者：「那有什麼問題，請說——」

「這一切都要感謝我的老婆。」

記者：「為什麼咧？」

「因為——我真的很好奇，也很想知道：到底我要A多少錢才夠她花？」

# 圍堵政策

有一天，某動物園的管理員突然發現園裡的孔雀跑出來了，於是開會討論，且一致認為是籠子的高度過低所造成的。因此，管理委員會決定將籠子的高度由原來的五公尺加高到十公尺。

但是到了第二天，管理員依然發現孔雀還是跑到外面來，所以，他們又開會決定，再將高度加高到十五公尺。

豈料隔天，居然又看到孔雀全跑到外面來了，惹得管理員們大為緊張，遂決定一不做二不休，將籠子的高度加高到二十公尺。

當天下午，猴子探頭探腦地和幾隻孔雀們閒聊。「ㄟ！你們想——這些無聊的人們還會不會繼續加高你們籠子的高度ㄚ？」

「很難說ㄛ！」孔雀：「如果他們再繼續忘記關門的話！」

## 性騷擾

中國大陸某公司職員「尤發今」和「屠弭」一起到美國公幹——出美國海關時，海關小姐就問第一個人說：「What's your name？」

尤發今：「Fucking You！」

當下，那海關小姐大為震怒，就很生氣地跑去跟她現場經理說，有個中國鄉巴佬對她做語言上的性騷擾。

結果，現場經理看了尤發今的護照之後，這才恍然大悟，便對海關小姐解釋：「那不是性騷擾啦！他真的叫Fucking You！」

海關小姐這才得以釋懷，並且重新回到自己的工作崗位。

「Next one！」海關小姐又問下一個中國人：「What's your name？」

「He is Fucking You！」屠弭接著用手指指自己說：「Me Too！！We are

together !!!」

## 餓死了

某地的居民，對前來觀光的旅客說：

「我們這裡的空氣新鮮，對身體最有益處，因此，本村都沒有人生病或死亡。」

觀光客說：

「你開玩笑吧？我剛才在村子口還看到出殯的行列呢！」

村民回說：

「噢！你說那個呀！那是我們村裡殯儀館的老闆，因為沒生意而餓死了。」

## 邊喝邊談

一位漂亮的女郎來到精神病院，很懊惱地對醫生說：

「我實在不知怎麼辦才好，每次我一喝了酒，就忍不住想脫光衣服，並緊緊抱住男人。」

醫生：「這不是什麼大問題，妳不用太擔心，待會兒，我們邊喝邊談，OK？」

# 上班族最悲慘的八件事

一、加薪升官時——別人。
二、就職遇故知——借錢。
三、辦公室戀情——不舉。
四、報告寫整夜——沒帶。
五、萬言書送出——開除。
六、開機興沖沖——中毒。
七、薪水發放日——延薪。
八、爽快如廁後——缺紙。

一般而言，「仰之彌高、望之彌堅」是那些蛋頭主管最刻板的形象，他們總是如同「摸壁鬼」般地突然閃現，一會兒跑到你的面前，一下子又躲在你的身後，然後以其崇高的架式、超然的自尊心、深不可測的語氣，頤指氣使地拼命丟給你永遠也處理不完的工作。

## 碰一鼻子灰

某名醫開著出了毛病的轎車到汽車修理廠去——技工拆除舊零件、換上新零件，就這樣忙了好一陣子，最後收了這名醫三千塊錢。

但在名醫開車回家的途中，他卻發現轎車又出了另外的毛病，於是，他便返回汽車修理廠找技工理論：

「ㄟ?你太沒有職業道德了吧!?為什麼不把我車子的毛病全部都修好，再收我的錢呢？」

技工：「怪了！看看你自己吧!?你有醫好病人才收錢的嗎？」

## 樂一樂

台灣發生大地震的那一年，總統先生和隨行官員正搭著直升機巡視南投上空——

忽然間，他突發其想：「各位同志，我想由窗戶丟一張伍拾萬元支票下去，好讓某個幸運兒高興一下，你們覺得怎樣ㄚ？」

「總統先生，這的確是個很有趣的試驗！」辦公室主任說：「不過，您為什麼不丟個五百張千元大鈔下去，好讓五百位大難不死的幸運兒高興一下呢？」

「嗯，有道理，還是你的設想比較周到ㄛ！」

這時，擁有財經背景的行政院長也不甘示弱地說了：

「總統先生，那您為什麼不丟五千張百元大鈔下去，好讓五千個災民興奮莫名ㄋㄟ？」

「哇靠！你的建議更好！」總統先生當下搖起下巴、猛點頭。

這時，擔任這架直升機的駕駛員終於也忍不住地發言了：「ㄟ！既然如此，為什麼您不自己跳出窗外，好讓所有災民都樂一樂呢？」

## 高升

人事部張副理高升到別的部門去了——

某日，她的大學同學打電話找她，電話被人事部專員陳小姐接到。

「請問張副理在嗎？」

「ㄛ！她已經不在人事了！」

「什——麼？這——這是什麼時候發生的事Ｙ？上個月——上個月我才跟她一起去美國度假呢！嗚——」

## 觀眾席

Ｙ草在餐廳坐了許久，看到別桌的客人莫不吃得津津有味，唯獨只有他仍無侍者前來招呼。

Ｙ草實在等得不耐煩了，便起身問老闆：「對不起，我是不是坐到觀眾席了？」

## 忠心

Ｙ淦到寵物店想買一隻狼狗。

好不容易，跟老闆殺了六折，正要提領那隻狗離開時，他忽然想到一個問題，就急忙回頭問老闆：「ㄟ！我買狗是為了要讓牠好好看門的，這隻狗到底忠不忠心Ｙ？」

老闆拍拍胸脯，進而露出奸笑：「之前我一共把牠賣出去九次，牠都自己跑回來了，你說牠忠不忠心呢!?」

# 綠化工程

有個政府官員到地方巡視，他在鄉間道路上發現兩個泰勞正汗流浹背地辛苦工作著——

一個泰勞拿著一把鏟子在路旁挖洞，且每隔五公尺就挖一個，但另一個泰勞卻跟在他的屁股後面把剛挖好的洞馬上回填起來，如此反覆不停地作業中。

這個政府官員感到一頭霧水，便下車詢問後面那個泰勞：「為什麼前面的人一挖好洞，你就把洞給填起來ㄋㄟ？你們究竟在搞什麼飛機ㄚ？」

那泰勞回答：「你沒看到我們正在綠化道路嗎？第一個負責挖洞、第二個負責種樹、我負責填土——但今天第二個生病沒來。」

## 搜皮包

黃老闆對工業區新來的警衛說：「你要特別留意，別讓我工廠裡的員工把我新研發的產品偷偷帶出廠ㄛ！」

警衛：「是！」

下班時，警衛便針對黃老闆底下的員工的皮包非常仔細地進行搜查，發現每個人都是空空的，於是一一放人。

晚上，黃老闆又來巡視了，警衛不禁好奇問他：「黃老闆，您的工廠到底生產什麼ㄚ？」

黃老闆答道：「皮包。」

## 慰問信

有位在野黨的政客被擁護執政黨的群眾毆打入院──

護士：「有立法院的同志寄慰問信給你，你要不要看一看ㄚ？」

政客：「我對政治已經灰心了，也已經累得沒有力氣看信了，妳就隨便唸一段給我聽吧！」

護士：「信上說，很抱歉，由於立法院的工作非常忙碌，故無法前往探病，不過，等你出殯時，在下必定撥空參加。」

## 各有苦衷

男傭A：「我真可憐，每當先生不在家，都要不停地說『是，太太；

是，太太』。」

男傭B：「我更歹命，每當太太不在家，都要拼命地說『不，先生；不，先生』。」

## 微軟

業務部主管：「為什麼每一家公司的威而鋼都賣得那麼好，唯獨我們賣得最差？」

銷售員：「因為本公司的名稱叫『微軟』！」

## 不孕症

人事部經理：「聽說妳患了一種疾病，為什麼老闆還要付高薪請妳來當他的私人秘書呢？」

女秘書：「因為我患了不孕症。」

## 測驗

某精神病院裡，一名男病患在午夜十分和女護士吵鬧不休——他堅持自己絕對不是瘋子。

於是，聞風而至的精神科醫師，就用一個測驗來試驗他——

精神科醫師首先拿出一支手電筒往天空照，接著對病人說：「你看見手電筒所發出的光柱嗎？假使你不是瘋子，就請你沿著手電筒的光柱往上爬去。」

「哈哈——醫生，我既不是瘋子，也不是笨蛋，你想整我可沒那麼容易ㄛ！」病患發出冷笑，且煞有其事地答道：「如果——我爬到一半的時候，你故意把手電筒關掉，那我豈不是就要掉下來了嗎？」

## 瘋子

有一位自由車旅行者，在歷經一段漫長的旅程後，這天下午，他覺得實在騎得粉累粉累了，於是就站在路邊攔車。他的運氣還不錯，隨即就攔到了一部計程車，而且還是部新款的跑車哩！

不過，這計程車司機說：「先生，我相當樂意載你一程，只是你的腳踏車確實無法擺進我的車子。」

「也對。這該怎麼辦呢？」旅行者不禁陷入沈思。

突然，他靈機一動、突發其想地對計程車司機說：「要不然這樣好了，我還是騎我的車，而你拖著我走，如果我覺得你開得太快了，就按腳踏車鈴聲提醒你，你稍微將速度放慢即可。」

「這確實是好主意！」計程車司機答應了。

就這樣，旅行者便輕輕鬆鬆地被拖著走。

但幾分鐘之後，有部跑車竟從後方快速超越他們——

那國字臉的計程車司機一看，不禁大發雷霆：「媽的！我這是最新款的跑車耶！會跑輸你這台破銅爛鐵嗎!?」

於是，忘了拖著腳踏車的計程車司機，馬上油門一加，開始跟那輛跑車狂飆了起來。

經過一個隧道口，路邊正要開始執行臨檢勤務的交通警察目睹了這一切，便趕緊用無線電通知下一個路段的交通警察：「ㄟ！有兩個瘋子剛剛狂飆經過我這裡，速度之快，幾乎都快飛上西天了，請你們幫忙攔一攔吧！」

那邊接聽的交通警察突然停頓了四、五秒，然後以非常詫異的語氣說：「哇咧——是三個瘋子才對！並且，你一定不相信我看到什麼了——有一部腳踏車緊跟在後，還一直按鈴想超越他們！」

## 郭明江

徒弟：「師父，我可以問您一個問題嗎？」

命名大師：「當然可以囉！」

徒弟：「剛剛來找您幫她兒子命名的那個女人，既然說父不詳，且自己不姓郭，那您為什麼取他為『郭明江』呢？有沒有搞錯ㄚ!?」

命名大師：「咳咳！其實我早就已經打探清楚這女人的確切來歷了——她懷這小孩之前，同時跟三個男人交往，一個姓高，一個姓李，一個姓陳，由於實在不清楚是誰下的種，所以我就把每個姓氏取其一部分當作這小男孩的姓，也就是『郭』囉！

更正確地說，因為高先生喜歡在上面翻雲覆雨，李先生喜歡在下面坐享其成，陳先生則喜歡旁敲側擊的方式，所以——」

「哇塞！師父好專業ㄛ！」徒弟：「那『明江』二字想必就跟生辰八字、命理吉數有關吧!?」

命名大師：「雖然無關，但也不是隨便亂取的喲！因為那時三人想必輪流上陣，是日也操、夜也操的辛苦結晶，所以，為師的我靈機一動，只好為這小男孩取了一個『明』字。」

「師父真是高明之至ㄚ！這下子我又懂了！」徒弟：「至於那個『江』字，您又做何解釋呢？」

命名大師：「因為這個女人事後和這三個男人一一告吹，並且相繼失去聯絡，在沒有人願意負責的情況下，我只好認定他們每人各有貢獻幾滴。換句話說，匯集之後總會像江河一般澎湃，故取了個『江』字。」

徒弟點點頭：「嗯，我全部懂了——這的確是一個很棒的名字！」

## 目測

某旅行團去烏來旅遊——

他們分批搭纜車上山，纜車行至中途時，遊客們莫不拍照並俯瞰風景。

「這裡離底下的溪谷不知道有多遠？」有人問。

導遊：「不會超過七秒！」

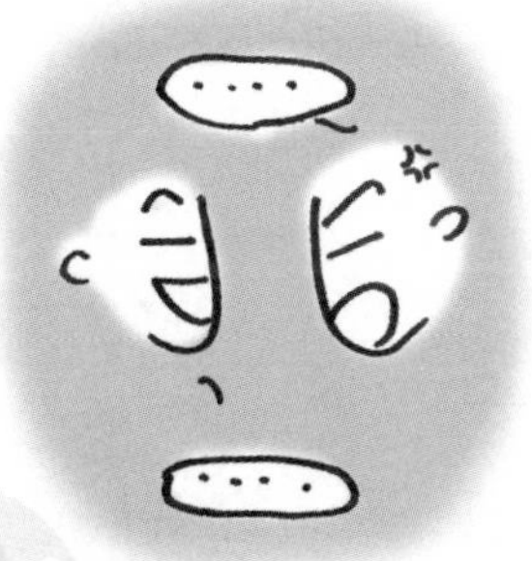

## 台灣美食

一位日本廚師嚮往台灣美食的博大精深，遂來到台北某五星級大飯店向大師傳學習廚藝。

上班的第一天，副主廚先帶他去廚房熟悉環境——

副主廚拿起花生油說：「這是用花生榨的油。」

日本廚師必恭必敬地覆誦：「是！這是用花生榨的油。」接著，副主廚拿起玉米油，告訴他這是用玉米榨的油。

日本廚師也認真地覆誦一次：「是！這是用玉米榨的油！」

副主廚又拿起芝麻油說：「這是用芝麻榨的油。」

日本廚師也照唸不誤：「是！這是用芝麻榨的油。」最後，日本廚師在流理台旁邊隨手拿起一罐油一看，竟然「咚」——地一聲昏倒了——

原來，那一罐是「嬰兒油」。

## 超快

餐廳經理對新來的工讀生說：「你走路超慢、做事超慢，腦筋也動得比別人慢，你到底有哪件事做得超快ㄚ？」

工讀生：「當然有！我累得超快！」

## 小員工的宿命

一、當小員工認真去做老闆未交辦的事，問題主管會批：「越界！」——當問題主管盲目去做老闆未交辦的事，小員工卻必須視為「自動自發」。

二、當小員工花多一點時間才完成工作，問題主管會罵：「遲鈍！」——當問題主管花多一點時間才完成工作，小員工卻必須視為「謹慎」。

三、當小員工忽視職場禮儀，問題主管會貶：「粗魯！」——當問題主管忽視職場禮儀，小員工卻必須視為「不拘小節」。

四、當小員工不想做這個或那個，問題主管會損：「太懶！」——當問題主管不想做這個或那個，小員工卻必須視為「太忙」。

五、當小員工堅持己見，問題主管會批：「太頑固！」；當問題主管堅持己見，小員工卻必須視為「有原則」。

六、當小員工開會時冗長發言，問題主管會罵：「多嘴！」——當問題主管開會時冗長發言，小員工卻必須視為「發表高見」。

七、當小員工勤奮工作，問題主管會貶：「愛現！」——當問題主管勤奮工作，小員工卻必須視為「努力不懈」。

八、當小員工迎合老闆的心意，問題主管會損：「拍馬屁！」——當問題主管迎合老闆的心意，小員工卻必須視為「無微不至」。

有隻老鷹整天盤旋在樹梢上，看似逍遙、快活、不用做事的樣子。

一隻羊見狀，就問說：「我能學你這樣子，整天不用做事嗎？」

老鷹就說啦：「及時行樂，有何不可？」

因此，羊就在樹底下休息起來了。

突然有一隻狼猛然自草叢冒出，很快地就把羊給吃掉了。

這故事告訴我們：「想整天閒閒沒事幹，唯一的辦法，就是必須先幹掉上司、當上主管，以確保自己永遠高高在上。」

當閣下面對問題主管，在其權威的尊容、手勢、措詞、裝扮之下，究竟該如何因應？進而使出有效的制裁方法呢？

## 打抱不平法

人總免不了自我膨脹的毛病，因此，您不妨以「大才小用」的恭維語氣，不斷誇讚他的辦事能力，並且奉勸他：「以您的才幹，待在這公司實在太委屈、太可惜了！」或「您不應該只領這樣的薪水吧！」

這樣，每個禮拜固定提醒他一次，無論是當面慫恿或從旁側擊，只要閣下持之以恆，相信總有一日，這上司必然會認真地想：「自己果真懷才不遇？」、「真是造化弄人？」，進而產生「假若我在其他公司一定更有發展」的信念，最終做出離職的危險動作來。

## 得意忘形法

三不五時，刻意把部門主管捧成有如明星般、偶像般的人物，藉以刺激和他同級的嫉妒或不屑心理，同時引發老闆的戒心。例如：「王經理，您的酒量顯然在所有主管之上！」、「王經理，您這麼有異性緣，難怪訂單不斷。」

如此一來，這部門主管極可能會因得意忘形而呈現鼻孔朝天、不可一世的姿態，也會間接被同級主管視為驕傲自大的傢伙，屆時四面樹敵，群起圍攻，「垮台」便是遲早的事了。然而，必須提醒您的是，捧上司切莫在自己部門內捧，不然會引起同事的反感，以為您是在拍馬屁。

## 火上加油法

有些部門主管，確實幹勁十足，搞得下屬也得跟著疲於奔命，每天非得工作到八、九、十點才能下班。

面對這種拼命三郎型的上司，閣下唯一能做的，就是順勢推他一把，讓他以為自己真是公司的唯一支柱，分分秒秒都得坐鎮指揮大局，時時刻刻都得替菜鳥披褂上陣。如此一來，業務需要他、談判需要他、開會需要他，使其大耗元氣，又不能安心地請病假在家中修養，終將提早拼掉老命，就此玩完。

## 問東問西法

主管之所以是主管，自是在於他身處高位，能以經驗、判斷和豐富的學識，徹底折服底下的員工，使部屬們皆能甘之如飴地接受領導。因此，閣下不妨大量提出各種問題來向他討教、請益，甚至連芝麻蒜皮的小事也不放過，讓他為大大小小的問題成天煩心，間接影響工作情緒。

如，「聽說那本管理書籍的觀念很新，也很實用，想必您已經看過了吧？」或「這次拜訪客戶，我們是要開車去還是搭飛機？開車容易塞車，坐飛機怕失事，我看還是搭火車比較好吧！」無論如何，主管是一種對「問句」十分敏感的動物，他有必要為下屬解決任何疑難雜症，所以，只要閣下多多發問，婆婆媽媽久了，總會有考倒他、惹火他的一天，若讓他對這工作產生厭棄感，甚至有離職、進修的打算，那就大功告成了。

## 竊笑

那天，ㄚ瓜帶著老婆一起去遊山玩水。然而，不幸的事情發生了——他們在荒郊野外遇到了一群土匪。

ㄚ瓜急急說道：「不要ㄚ！不要殺我呀！偶是個怕老婆的無賴，錢都在我老婆那邊！」

於是，土匪就將ㄚ瓜的老婆架到一旁，並且用樹枝在地上畫了一條線警告ㄚ瓜說：「你不能超過這條線ㄛ！否則你老婆就會一槍斃命！」

ㄚ瓜：「是是是！大人！」

就在土匪搶走他老婆身上的現金、金飾，以及又打又刑地逼問所有信用卡、提款卡的密碼之後，ㄚ瓜的老婆卻忽見ㄚ瓜在一旁偷偷竊笑。

事後，土匪信守承諾將夫婦二人釋放，ㄚ瓜的老婆不禁氣憤痛罵：「剛剛你不來救我也就算了，為什麼還很高興地在一旁偷笑呢？」

「告訴妳ㄛ——」ㄚ瓜得意洋洋地說：「剛剛我總共偷偷超過那條線兩次，但這四個笨土匪竟然都沒看到耶！」

## 會錯意

在一個很冷很冷的中午，有一位只會說、聽台語的老ㄚ公要到銀行領錢——

因為他是騎機車來的，所以停靠機車之後，索性就帶著口罩走進銀行裡。

銀行職員對阿公說：「請你先脫（台語）口罩（國語）一下啦（台語）！」

老ㄚ公：「今ㄚ日真冷ㄋㄟ，真正艾脫口罩一下（台語）？」

銀行職員回答：「是啦。這是政府的規定，拜託拜託！」

於是，老ㄚ公就馬上把褲子脫掉，然後在銀行大廳內來回跑了一大圈。

## 古老的行業

有三個人正在爭論一個話題：什麼是世界上最古老的行業？

外科整形醫師說：「聖經上提到，夏娃是亞當身上的一根肋骨所造成的，換言之，幹我們這一行的必然是世上最古老的行業。」

土木工程師說：「錯了！據瞭解，開天闢地時，地球人曾發生過六天的大動亂，那麼，重建的工作不靠我們要靠誰ㄚ!?」

民意代表說：「可是你們有沒有想過，為什麼會出現這場大混戰呢？當然是我們搞政治的一手造成的嘛！」

## 聰明的猴子

香港某寵物店養了一隻非常聰明的猴子。牠會倒立、跳繩、吞劍、刷牙、算術——更厲害的是會玩大老二。每當寵物店的生意不好時，主人都會跟這隻猴子玩玩大老二藉以打發時間。

後來，一傳十、十傳百、百傳千——整個港澳地區的人們幾乎都知道有這樣一隻聰明絕頂的猴子。

某日，有一位記者前來訪問牠的主人。「聽說你家的猴子異常聰明？」

主人：「沒有啦，牠很笨說。」

記者：「為什麼？牠不是會陪你打大老二嗎？」

主人：「可是——牠每次一拿到好牌就會搖尾巴ㄚ！」

## 建造陵墓

有位很富有的政治領袖請了全國最好的建築師來給自己建造陵墓——兩年之後，政治領袖問建築師：「全部工程都好了嗎？」

建築師：「已經差不多了。」

政治領袖：「那最後還差什麼？」
建築師：「最後就只有差你了！」

## 還錢來

搶匪：「再不把錢交來，小心腦袋開花！」
人質：「你好大的膽子，我是本鎮的鎮民代表耶！」
頓時，搶匪怔住了：「那好吧！把我過去所繳的冤枉錢立刻退還給我！」

## 一百萬

一名禿頭男子失意地走進美容院坐下——

美容師：「先生，您需要什麼服務？」

禿頭男子：「我曾去植過髮，但痛得受不了，如今，只要妳利用別的方法，且能將我的頭髮變成像妳的一樣，那麼，我立刻給妳一百萬元即期支票，讓妳和妳的情人快快樂樂地去環遊世界！」

美容師：「你確定？」

禿頭男子：「當然確定！」

語畢，那美容師馬上把自己的頭髮剃得跟禿頭男子一模一樣。

## 停經了

董事長歸國日期一再變動，全公司上上下下瀰漫著緊張的氣息——

女會計：「這幾天就好比我們的危險期，每天都擔心得要命？」

一名準備離職的女業務好整以暇地說：「我例外！現在的我不僅是安全期，並且已經停經了！」

## 趕飛機

某人匆匆忙忙地攔了一部計程車：「司機先生，我要到松山機場，拜託開快一點！」

司機：「您的飛機是幾點的？」

那人：「三點二十。」

司機：「去你的擔擔麵！現在都已經快四點了，叫神仙來開也趕不上了！」

那人：「問題是——我是這班飛機的駕駛ㄚ！」

## 選女婿

有一位富商非常勢利眼。

他只有那麼一位女兒，所以，總認為必須有錢人才夠資格娶他的千金女為妻。

某日，有三名男子同時登門求親，這個勢利眼的富商當然免不了要盤問一下他們的身價。

甲說：「我有一百五十張台積電的股票。」

老翁覺得還可以，但不知道後面那兩個會不會更有身價，於是繼續聆聽下一位的說詞。

乙就說：「我有五棟位於台北市的房子，又是一家正準備上櫃的公司負責人。」

「嗯。」富商心想這個比上一個還好些，但也很想看看第三位是否會更有錢。

丙靦腆地說：「我是個公務員，目前有一個小孩，存款為兩萬三千四百五十六元。」

富商聽了當場勃然大怒：「媽的！你都已經是有小孩的人了，還想娶我女兒。來人ㄚ！把他給轟出去！！」

這時，丙急忙解釋說道：「可是——可是那個小孩在令嬡的肚子裡說！」

## 原來如此

牡丹火車站門前坐著一位負責剪票的職員，他正悠哉悠哉地讀一本金庸的武俠小說——

有一位女乘客前來詢問：「站長，請問牆壁上那張火車時刻表是幹什麼用的？」

站長：「白紙黑字，那還用問嗎!?」

女乘客：「可是——為什麼火車總是遲遲未到ㄚ？」

站長：「嘿嘿嘿！要是火車老是準時到站，那鐵路局蓋這麼漂亮的候車室又是幹什麼用的ㄋㄟ？」

## 心裡不安

警察：「你這臭小子，在偷人家的東西時，難道都不會覺得心裡不安嗎？」

小偷：「偷的時候不會耶，但得手之後確實會感到那麼一點不安！」

警察：「為什麼？」

小偷：「因為我擔心偷到的是假貨嘛！」

## 幻想症

有一位精神科醫生正在替一位常幻想自己是狗的女病人看病——

精神科醫師：「妳以為自己是狗——大概是從什麼時候開始？」

女病人：「當我還是隻小母狗的時候——」

## 壓壓驚

兩輛計程車發生追撞，車主都下來看——

前車車主看了一下彼此的車子，突發其想地說：「好佳在！雖然我的車子受損較為嚴重，但我們兩人都安然無恙，這點損失又算得了什麼呢？」

「沒錯。」後車車主點頭示意。

於是，前車車主便到車內取了一瓶酒走出來：「老兄！您要不要喝一口酒來壓壓驚ㄚ？我請客！」

在盛情難卻的情況下，後車車主欣然地接了下來，並隨即猛地喝了幾口。

後車車主：「好酒好酒！老兄，那您要不要也來一點？」

前車車主竊笑：「沒問題，不過，等交通警察來了之後我再陪你喝！」

## 脫星

記者問寫真集女星：「如果妳的演藝事業無法更上一層樓的話，妳未來打算如何？」

女星：「如果不能更上一層樓，那大不了我就上閣樓嘛！」

## 秀才之子

從前有個老秀才，老來得子，所以取名叫「年紀」。

到了第二年又生一子，眉清目秀，像是讀書料，所以取名「學問」。

第三年再生一子，老秀才自覺有點不好意思，笑著說：

「這麼老了，還來個老樹開花，真是笑話！」故而取名「笑話」。

某天老秀才叫他們上山砍柴。

到了傍晚，兒子們陸續回來了，老秀才躺在床上問老婆：

「老大、老二、老三柴砍得怎麼樣了？」

老婆據實以報：

「年紀有一大把，學問一點也沒有，笑話倒有一籮筐。」

## 仙女說

屎蛋在網路上新交了一名女友，逢人便吹噓自己這女友長得如何美麗——

某日，屎蛋坐在書桌前，獨自欣賞自己女友的照片並且讚嘆不已：

「真像仙女下凡ㄋㄟ！」

室友們一時好奇，忍不住搶走他手中的照片，正想驚豔一番——豈料，大夥兒看完之後只有一個共同的感想：

「屎蛋！這個仙女下凡時——一定是臉先著地吧！」

## 很喜愛

Ｙ操問Ｙ淦：「前幾天你在網路上認識的那個女孩，聽說你看了之後很喜愛？」

Ｙ淦：「不！是聽了之後很喜愛！」

Ｙ操：「為什麼是聽了？」

丫淦：「因為她說自己如果嫁了，她老爸會送給她三棟位於台北市東區的房子當嫁妝。」

## 竊賊

一名竊賊闖入一個醜女的住處，逼迫她把錢交出來——

醜女：「我沒有錢！」

竊賊不信，開始在她的住處翻箱倒櫃，最後甚至動手搜了她的身，但依舊一無所獲。

竊賊：「我今天究竟走了什麼霉運？妳這裡真的連一張百元鈔票都沒有嗎？」

醜女：「帥哥，請不要停，繼續往下搜，我等一下馬上開支票給你！」

## 爆笑的名字

這是筆者在網路上見過最爆笑的名字——

曹林良（男）——實在不敢隨便叫他的名字！

朱淦侯（男）——好猛的名字ㄛ！

范企通（男）——請倒過來唸看看！

王　八（男）——江西人，他在家中確實排行第八！

夏矢任（男）——夠驚悚！

馬翎淑（女）——好像很好吃的樣子。
鄭　典（男）——如果是女生就更貼切了！
毛　策（男）——不得不讓人聯想到茅房。
梅愛姿（女）——恭喜妳喲！
麥　盈（女）——當心被捕ㄚ！
吳洋炬（男）——哇咧——。
李杜男（男）——唸快一點！
常杏嬌（女）——有夠累的名字。
楊　瑋（男）——夠可憐的！
甘音道（男）——他還是個牧師耶！
岳　菁（女）——這名字太好記了。

殷　純（女）——還好她是個女的。

田鬮衍（男）——噁！

史建人（女）——罵人ㄋㄟ!?

魏安復（男）——這是爸爸。

魏昇梓（男）——這是兒子。

魏昇綿（女）——這是女兒。

梁良昌（男）——他的行為舉止應該會很女性化吧!?

盧鐵譁（男）——這名字如果倒著唸，那確實粉失敗。

曾桃燕（女）——人如其名？

陶仁彥（男）——更慘！

# 匿名信件

檳榔西施頗為困惑的對紅茶辣妹說：

「前幾天我的E-mail收到一封匿名信件，警告我不得再和她的老公幽會，否則她會叫黑道打斷我的腿。」

紅茶辣妹：「妳真的跟人家的老公有染？」

檳榔西施：「有Ｙ！」

紅茶辣妹：「那妳就不要再跟他鬼混了嘛！天下男人多的是！」

檳榔西施：「問題是——我那四個金主（男友）都有老婆，我根本不知道她指的是誰Ｙ！」

## 化妝舞會

一般而言，白種人似乎要比黃種人、黑種人還有紅種人性來得開放許多——

某日，有個白妞雙手戴著黑手套，雙腳踩著黑皮靴，衣服都沒穿，就那樣大搖大擺地跑去參加某化妝舞會。

然而，當她正要進門之前，蛋頭的警衛卻硬是將她攔了下來。「ㄟ！我們這個舞會有規定ㄋㄟ！想進去的人化妝成什麼都可以，就是不能一絲不掛說。」

白妞：「你是見鬼了是不是？我哪有一絲不掛ㄚ？難道你看不出我今晚扮的是黑桃五嗎？」

## 足球熱

ㄚ威和ㄚ龍是熱愛足球的好朋友，他們常湊在一起踢足球，也曾爭論天堂是不是也有足球隊這樣的話題。

某日，ㄚ威不幸車禍喪生了，不久後就托夢給ㄚ龍：「ㄚ龍，我要告訴你一個好消息和一個壞消息。」

ㄚ龍：「什麼好消息？請說——」

ㄚ威：「天堂真的有足球隊耶！」

ㄚ龍：「那壞消息呢？」

ㄚ威：「教練剛剛宣佈，下個禮拜天的先發守門員是你——」

## 機車父母

ㄚ草是父母眼中的心肝寶貝，但年過四十仍未娶妻——

終於，在某次婚友聯誼社團活動中，他認識了一個外型姣好、個性乖巧的女子——ㄚ花。兩人彼此來電，就這樣持續交往了好幾個月。

某日，ㄚ花決定去見ㄚ草的父母，於是，在ㄚ草的陪伴下，她盛裝打扮地來到ㄚ草的家。

ㄚ草的爸爸相當重視這次ㄚ花的來訪，ㄚ草的媽媽更是迫不及待地親自下廚準備豐盛的晚餐。

在這空檔，ㄚ花、ㄚ草以及ㄚ草的爸爸都坐在客廳沙發上閒聊，ㄚ草的父親便有意無意地詢問ㄚ花的家世、背景什麼的——

當大家愉快地吃過晚餐之後，ㄚ草的媽媽與ㄚ花繼續閒話家常，ㄚ草的爸爸卻突然把丫草叫進書房，並且老淚縱橫地對他說：「丫草！我知道你很喜歡丫花，只可惜——你萬萬不能娶她啦！」

丫草聽了，馬上嚎啕大哭：「為什麼？為什麼？偶好不容易才遇到這樣一個可以論及婚嫁的對象ㄋㄟ！還有——我都跟她發生肉體關係了，您怎能如此狠心，硬是要拆散我們？」

「哇咧——冤孽丫！」丫草的爸爸沉痛說道：「她——她是你失散多年、同父異母的妹妹丫！」

丫草一聽，宛若晴天霹靂，整個人都傻了。

丫草的爸爸則不忘再三叮嚀他，千萬不可將此事告訴他媽媽，否則自己必死無疑。

不久，丫草神情低落地走出書房，他媽媽看了十分詫異，於是又把他拉進書房，問：「乖兒子，你怎麼哭成這樣？究竟發生了什麼事？」

Ｙ草起初不肯講，但最後拗不過媽媽的盤問，只好一五一十地將他爸爸所說的話全部告訴了媽媽。

他媽媽聽完之後，一邊拍著Ｙ草的肩膀，一邊在竊笑。

Ｙ草：「媽！妳少機車了，現在竟然還笑得出來!?」

「放心吧！傻孩子，你大可安安心心地跟Ｙ花結婚沒關係！」Ｙ草的媽媽隨即在他的耳邊輕聲說道：「事到如今我也不想再卑怯地隱瞞些什麼了，因為——其實你也不是你爸爸的親骨肉！」

# 自作聰明

有五名旅客搭同一班往金門的小飛機，分別是企業家、歌手、博士、尼姑和一個小學生，加上駕駛共六人。

很不幸的，在到達目的地之前，飛機居然引擎故障而即將墜毀了，更不幸的是，機上只有五套降落傘配備而已。

首先，飛行員很沒道義責任的搶了一套就火速地跳了下去。

接著，那腦滿腸肥的企業家說：「我底下有好幾萬名員工要養耶！為了避免群龍無首，確保幾萬個家庭的生計，所以我絕對不能死！」

企業家說完，旋即抱起一套降落傘也跟著跳了下去。

這時，只見歌手清一清喉嚨，也大言不慚地開口說話了：「我的歌迷至少破千萬耶！為了讓他們日後依然能有悅耳的歌聲可聽，我當然也不能死囉！」

於是，歌手也自私的抱起一套降落傘跳出機外了。

緊接著，那蛋頭的博士揚言：「我敢確定，我是這架飛機上最聰明也最有學問的人，因此，與其大夥兒同歸於盡，不如繼續留著我的有用之軀吧！」

說時遲那時快，蛋頭的博士也搶了一套跳下去了。

而今，這飛機上就只剩下一套降落傘了。怎麼辦ㄋㄟ？

尼姑便對小學生說：「其實，我離天堂本來就比你們這些凡人來得近一些，所以，你就安安心心地逃生去吧，不用管我了！」

小學生答：「不用啦！我們還有兩套降落傘可用呢！因為——剛才那個自認自己是最聰明的博士，已經揹著我的書包跳下去尋死了——。」

## 標準青年

老金夫婦與女兒坐在前往巴黎的飛機上，老金的座位是在禁菸區，一時菸癮難耐，便往後排的吸菸區走去，他看到一位滿臉愁容的青年身旁有個空位，便打聲招呼坐進去。

「來根香菸吧！年輕人。」老金遞過香菸。

「不！謝謝！我不抽菸。」青年仍以悒鬱的眼神望著窗外。

老金邊抽菸，邊看報，閱畢後，禮貌性地問年輕人，是否想看報？

「不！我不看報！」年輕人婉拒了。

「那麼，」老金好心地問：「你想喝點什麼？要空姐為你倒杯酒，好嗎？」

「不！謝謝！我不喝酒。」

「你真是個難得的好青年，你願不願意到前面去見見我的太太和女兒？她們一定樂意與你認識。」老金提議道。

「不！謝謝！我不玩女人。」

## 電影分級的定義

**普遍級**——只有好男人才能跟女主角那個。

**輔導級**——壞男人也可以跟女主角那個。

**限制級**——只要是男演員（包括攝影師），人人都可以跟女主角那個。

## 電腦是美女

一、絕大多數的男人都會對她一見傾心。

二、她永遠走在流行的最尖端，深怕被時代所淘汰。

三、跟她在一起的時間越久，你所花的錢將越兇。

四、她的記性出奇的好——完全記住你的所作所為。

五、她的年齡和她的價值始終成反比——相處一久，你絕對會對她產生「相見恨早」的厭棄感。

六、她的管教十分森嚴——即使你重犯了最細微的錯誤，她也會毫不留情地懲罰你。

七、她看似聰明，但其實常有脫線之舉——偶爾，她會使使性子、耍耍大小姐的脾氣，凡事你都得替她安排好、解釋夠清楚了，她才肯替你幹活兒。

八、她的思考邏輯，教人難以捉摸；她那刻板、固定的語言，常令人氣餒。

九、她特愛八卦，老是佔線，並且天天忙於收信與回信。

# 魚水之歡

一、丈夫——烏魚，總是不安於室。
二、老婆——鹹魚，雖然放多久都不會壞，但難以大快朵頤。
三、情婦——甲魚，黏得要命。
四、情郎——鰻魚，會把妳電暈。
五、牛郎——鱷魚，來者不拒，大小通吃。
六、妓女——河豚，很想吃吃看，但深怕中毒。
七、老男人——魷魚，總是軟趴趴的，根本站不起來。
八、老女人——柴魚，太乾了。
九、朋友的老婆——熱帶魚，就算多麼熱情、多麼潑辣，但最好還是別吃。

十、朋友的丈夫——紅龍，總讓人感覺身價非凡。

## 一夜情感言

Y操跟網友發生了網路一夜情，之後，他對死黨發表以下感言：

「正所謂春宵一刻值千金，弟昨夜以一己之長↓一柱擎天↓一馬當先↓一拍即合↓一炮而紅↓一鼓作氣↓一氣呵成↓一鳴驚人↓一瀉千里，不負眾望地完成了一夜風流！」

「那她的感覺又是如何呢？」眾人追問。

Y操：「真是一言難盡！她本來一籌莫展，但在我助她一臂之力之下，開始一波三折↓一池春水↓一木難支↓一觸即發↓一落千丈↓一敗塗地，最後終於奄奄一息，讓這一場春夢一了百了！」

## 蝴蝶

丫草：「妳的一生就像蝴蝶一樣——」

丫花：「真的？既絢爛又美麗嗎？」

丫草：「不！是以變態之姿成長。」

## 賴床

我爺爺是個聽不懂國語的本省人，某日他去台大看病，那次醫生沒開藥給他，只說了一句：「多喝水。」

爺爺回到家之後，就趕緊躺在床上，動也不動，直到隔天早上還賴著不起床。

哥哥見狀，深覺大事不妙，便上前詢問。

爺爺說：「ㄚ——就醫生叫我『倒好勢』（多喝水）ㄇㄟ!?」

## 比妳厲害

ㄚ花、ㄚ美、ㄚ珠三個死黨在閒聊——

ㄚ花：「我最愛吃烏魚子了，因為吃一小口就能吃掉一堆魚，好爽ㄝ！」

愛吐槽的丫美不以為然地說：「那麼——我愛吃滷蛋，不就一口吃掉了整隻雞嗎？嘿嘿嘿！比妳厲害吧？」

這時，只見一旁的丫珠紅著臉低頭不語。

丫花：「丫珠，妳的臉怎麼紅成那樣丫？」

丫珠亂不好意思的回答：「因為我突然想到——那我跟我男朋友在一起時，不就常常一小口就吃掉一堆人嗎!?」

## 五塊錢

丫瓜和丫呆兩人一起上醫院，並同時掛了急診——

丫呆：「醫生，我吞了一枚五塊錢硬幣，您能幫我拿出來嗎？」

「好，沒問題！」醫生轉頭問丫瓜：「那你是什麼毛病丫？」

丫瓜：「那五塊錢是我的，請您務必想辦法幫我要回來！」

## 原來如此

丫美：「妳知道男人所放的屁為什麼總是比女人大聲嗎？」

丫珠：「不知道。」

丫美：「那是因為他們多了兩個喇叭和一支麥克風嘛！」

丫珠：「可是——我們有兩個很大的音響ㄋㄟ!?」

丫美：「嗯——可能是裝在前面，所以無濟於事吧！」

# 兩根香蕉

在火車上——

ㄚ珠手上抱著自己的小嬰兒，經過一對年輕夫妻面前。太太瞪了小孩一眼，便小聲地對先生說：「唉唷喂呀！偶長這麼大從來沒看過這麼醜的小孩耶！」

雖是輕聲細語，然而這話卻被ㄚ珠給聽到了，她難過至極，找到座位坐下來之後，就抱著小孩哭了起來。

火車經過下一站，有一位ㄚ嬤上了車，她看見ㄚ珠獨自啜泣，就好心地上前勸說：「小姐，妳怎麼了啦？速不速有人欺負妳？」

「——」ㄚ珠仍不停地哭泣。

那位ㄚ嬤一時不知所措，只好從自己的背包裡拿出兩根香蕉，露出極度關愛的眼神對她說：「小姐，妳又不速長得粉醜沒人要，對不對？就不要哭了啦！來！這裡有兩根偶自己栽種的香蕉，一根給妳初，一根給妳的猴子初——。」

## 孔子補習班

據說，孔子是世界上第一個開補習班的人，他不僅學問淵博，更是有教無類，就連補習收費的多寡，也早已有明文規定了：

三十而立——交三十銀兩的學生，只能站著聽課。

四十不惑——交四十銀兩的學生，可以發問，直到疑問獲得解決為止。

五十知天命——交五十銀兩的學生，可事先得知每天各大小考之命題。

六十耳順——交六十銀兩的學生，老師可以順著學生的意願隨時調整教學內容。

七十從心所欲——能交出七十銀兩的學生，上課時要坐著聽、躺著聽，甚至要不要來上課都悉聽尊便啦！

## 男人都是狗

十歲是玩具狗——無用武之地。

二十歲是賴皮狗——窮追女生。

三十歲是獵狗——積極找獵物。
四十歲是野狗——四處打野食。
五十歲是瘋狗——不自量力。
六十歲是死狗——玩完了。

## 丈夫都是鬼

七點回家——是懶鬼。
十點回家——是醉鬼。
夜不歸戶——是色鬼。
整天在家——是死鬼。

## 示範公墓

大鳥：「如果婚姻是愛情的墳墓，那麼，一年一次的結婚週年慶，豈不就是在掃墓了？」

小豬：「儘管，在愛情中有人視死如歸、在婚姻中有人視歸如死，但這世上確實仍有一些模範夫妻頗令人稱羨ㄚ！」

大鳥：「那些模範夫妻充其量，只不過是示範公墓罷了！」

## 現代婚姻學

因戀愛而結婚——是「直銷」。

因相親而結婚——是「經銷」。

因花錢而娶了大陸妹——是「圍標」。

## 三八

某日，高度近視的ㄚ哲走在路上，忽然看見前面騎著腳踏車的老伯看起來很像他的三伯，於是他就追著那個ㄚ伯邊跑邊用台語喊道：「三伯、三伯ㄚ！」

那個阿伯覺得很奇怪，怎麼好像有人在後面叫他，所以本能地回頭一望。

登時，ㄚ哲才發現認錯人了，為避免尷尬，遂緊接著喊：

「三九、四十、四十一——。」

## 原諒

辣妹：「都交往這麼久了，偶們同居吧！」

猛男：「萬萬不可！偶老媽不會原諒偶的！」

辣妹：「那偶們乾脆結婚算了!?」

猛男：「那更不行！偶不會原諒自己的！」

## 有這種奇事

一名男子與醫生的對話。

「醫生，我和我太太都是黑髮，為什麼生下的小孩會是褐色的頭髮呢？」

「你們每天都做愛嗎？」

「不。」

「每週做愛？」

「也不。」

「每月做愛嗎？」

「不是。」

「半年一次？」

「也不是。」

「一年只有一次？」

「差不多。」

「那就對了，你的寶貝生銹了，所以小孩的頭髮才會是褐色的。」

## 七言絕句

國文老師要學生們在下課之前交出一首七言絕句——

Y瓜不到五分鐘的時間就交出去了，他寫的是：

一上課就打呵欠，一上網就想談天。

人生何處不寂寥？求學只是混時間。

## 學電腦

在一個母姊會上，有位家長問負責教學生電腦的老師：

「老師Y！我家小華在課堂上的表現怎樣？」

電腦老師：「嗯——小華的大腦容量應該有180GB吧！換句話說，他動起腦筋來的速度一點也不輸給Core Duoㄛ！不過，這傢伙上課不太專心，大概Cache不夠大吧！往往我教到後面時，他之前所學的東西卻忘得一乾二淨了。我甚至懷疑小華有條RAM接觸不良，難怪他常有一教就懂或怎麼教也教不會的矛盾現象。還有——小華天生的CPU顯然沒裝好，我建議您最好先帶他去補補數學，建立好一些捷徑，以免事倍功半，功課永遠也跟不上其他同學的進度。此外，小華的音效卡或許也有一點麻煩，該出聲時不講話，要他安靜時卻又頻頻發出雜音，真讓人受不了了！」

## 爆笑的姓氏聯姻

姓「吳」的娶姓「賴」的——吳賴（無賴）聯姻。

姓「劉」的娶姓「應」的——劉應（流鶯）聯姻。

姓「段」的娶姓「乃」的——段乃（斷奶）聯姻。

姓「夏」的娶姓「劉」的——夏劉（下流）聯姻。

姓「朱」的娶姓「宮」的——朱宮（豬公）聯姻。

姓「袁」的娶姓「侯」的——袁侯（猿猴）聯姻。

姓「邱」的娶姓「尹」的——邱尹（蚯蚓）聯姻。

姓「王」的娶姓「巴」的——王巴（王八）聯姻。

姓「聶」的娶姓「元」的——聶元（孽緣）聯姻。

姓「惠」的娶姓「駱」的——惠駱（賄賂）聯姻。

姓「江」的娶姓「施」的——江施（殭屍）聯姻。

# 報復

週末夜晚，同公司的三位女職員ㄚ花、ㄚ美、ㄚ珠正在pub裡閒聊，話鋒一轉，突然扯到她們那位刻薄、小氣又好色的老闆身上。

三人妳一言我一語地數落了老闆一陣之後，大夥兒決議要對老闆施以報復手段，且約定下週末同一時間、同一地點各自報告成果。

很快，一週過去了，這三位女職員又圍坐在這家pub裡，逐一報告自己惡作劇的事項。

ㄚ珠：「我星期三在老闆的茶水裡偷偷放了瀉藥，讓他整整拉了三天肚子耶！」

頓時，三人一陣歡呼。

ㄚ花：「星期二，我偷偷地戮破了老闆的後車胎，讓他在地下室叫苦連天呢！」

哈哈哈！三人又是一陣歡呼。

丫美：「其實早在星期一上班之前，我就偷偷把老闆藏在抽屜裡的那一打保險套，全部都用細針戳破了——我希望讓他養孩子養到瘋掉，嘿嘿嘿——」

丫美還沒笑完，丫花、丫珠二人竟然不約而同地驚呼一聲，隨即踉蹌倒地。

## 族群觀察

江蘇人——什麼都敢漲。

廣東人——什麼都敢拿。
北京人——什麼都敢講。
四川人——什麼都敢吃。
上海人——什麼都敢穿。
西藏人——什麼都敢住。
東北人——什麼都敢闖。
台灣人——什麼都敢花。

## 過個水吧

話說蘇老師是個粉愛打麻將的傢伙——

某日，他發現黑板很髒，就破口大罵：「輪到哪個人作莊ㄚ？還不快去拿板擦把黑板擦乾淨！」

值日生：「老輸，黑板髒速昨天留下來的，應該怪昨天的莊家，怎麼要偶來擦ㄋㄟ？」

蘇老師：「叫你擦你就擦，在那裡囉唆個二五八萬的幹什麼!?」

「老輸，二五八萬很容易胡啦！」值日生低聲說道。

蘇老師：「你再胡東胡西的，我可要打槍了ㄛ！」

值日生：「別那樣，過個水吧！自摸比較爽說——」

## 外國名字

小強在一家外商公司上班，他的主管特愛打麻將，連上班時間都找底下的員工偷偷地打。但這傢伙牌技甚差，可謂十賭九輸——

於是，部屬們就私下給他取了很多滑稽的外國名字：

俄國名字——叔德布易洛夫。

日本名字——根本部勝。

韓國名字——金常殊。

## 好學生

祖母：「唉喲喂呀，小明，你的腿怎麼被打成這樣？我不是曾經告訴過你嗎？好學生是不打架的!?」

小明：「Y嬤，我就是因為聽妳的話才這樣的啦——」

祖母：「為什麼？」

小明：「我以為小華是好學生，應該不會還手才對，誰知道他出手比我更重。」

## 童言稚語

三歲大的小宣宣很喜歡講電話，某日，他舅媽打來問候，他硬是搶過去接：「舅媽！妳吃過晚飯了嗎？」

舅媽：「我吃飽了，謝謝你，好乖喲！」

小宣宣的媽媽就在旁邊，於是要兒子繼續問舅媽是吃麵麵還是吃飯飯——

豈料，小宣宣說：「都不是——舅媽是『吃飽飽』啦！」

## 銘記在心

情婦：「你還記得當年我們認識時的情景嗎？」

「當然記得！」情夫：「那時剛好發生大地震，路上有一隻貓、兩坨狗屎，以及三個正在等公車回家的學生。」

情婦：「虧你還記得那麼清楚，真是難得呀！」

情夫：「哼！一個正常男人是絕對不可能忘記這生命中最倒楣的一天

的。」

## 廣東佬

有個廣東佬走進山東餃子專賣店——

廣東佬：「老闆娘，我要睡覺，妳一晚好多錢Ｙ？」

老闆娘：「你說什麼？有種再說一遍！」

廣東佬：「老闆娘，我要睡覺（水餃），妳一晚（碗）好多錢Ｙ？」

當下，老闆娘不禁火冒三丈，旋即拿出掃把將這廣東佬轟了出去。

## 拉鍊

老黃：「唉，人老不中用了，我經常上廁所之後忘了拉上拉鍊！」

比老黃還要年長一輪的老謝：「這沒什麼啦！等到你像我這把年紀就知道了。」

老黃：「難道還會怎樣？有比現在更慘的情況嗎？」

老謝：「以後你擔心的是——上廁所之前竟然忘了拉下拉鍊！」

## 婚變

Ｙ美：「如果婚姻真是戀愛的墳墓，那麼，婚變當中的第三者又算是什麼ㄋㄟ？」

兩性諮詢專家：「嗯——應該算是盜墓者吧！」

## 內鬥

黃先生抱怨他太太在床上的表現不夠野——

黃太太：「你娶的是一個老婆，不是一個妓女，OK？」

入夜睡覺時，黃太太驚覺陽台有怪聲音，於是就叫黃先生前去查看。

黃先生：「妳為什麼不自己去？妳嫁的是一個老公，不是一個警察耶！」

## 好消息

畫廊的經紀人跑到醫院的病房裡，興奮地說：

「我要告訴你一個好消息。」

病人問：「什麼好消息？」

「有一個人聽說你死了之後，畫作立刻上漲好幾倍，所以就把你的畫全部買走了，他說不快點買會來不及。」

病人問：「那個人是誰？」

經紀人：「是你的主治醫生。」

## 專科

有位年輕的醫生回到家鄉執業，他去拜訪當地的一位老醫生。

年輕醫生說：「現在的醫生都看太多種病了，所以沒辦法專精，我準備專攻鼻科，耳鼻喉應該分開才對。」

老醫生說：「那你準備看病人的哪一個鼻孔呢？」

## 打不到

幼稚園裡，兩個小男孩在吵架，愈吵愈兇。

其中一個大聲嚷嚷：「我回去叫我爸爸打你爸爸的腦袋。」

「哈！哈！他才打不到呢！」另一個孩子大笑道：「我媽媽都說，我爸爸根本就沒有腦袋。」

## 爆笑的店名

這是筆者在網路上見過最爆笑的店名——

「煎茶院」——泡沫紅茶店。

「烤試院」——烤肉專賣店。

「立髮院」——美髮店。

「警茶局」——泡沫紅茶店。

「台雞電」——專賣雞肉的店。

「包二奶」——檳榔攤。

「狼來了」——羊肉爐專賣店。

「三民煮藝」——位於高雄市三民路的簡餐店。

「滿面豆花」——豆花店。

「停雞坪」——賣土雞的店。

## 鐵達尼笑傳

某日，偶跟一名賭徒比十三支時，不小心拿到一條龍了。他沒錢償還賭債，只好送給偶一張鐵達尼號的船票——

上船之後的第二天，偶遇見了一個宇宙超級大胖妹，名叫肉酥，朋友都勸偶別跟她混，因為她是公認的「倫敦港」香爐。

第三天晚上，她喝得酩酊大醉地跑來找偶，且揚言偶如果不跟她成為男女朋友的話就要跳海自殺，一時之間，偶因為怕她污染了海水、害死無辜的魚類，所以就一把抱住了她。豈料，她從此對偶更加迷戀，竟然想要告別她那短小精幹的未婚夫，跟偶一起企浪跡天涯。

偶哪敢ㄚ？但也只能暫時敷衍她。

無奈的是，她竟然死纏著偶不放，不僅強迫偶跟她在下等艙大跳艷舞，還要偶頂著她的屁股，在甲板上以「蜻蜓交配」之姿做飛呀飛的遊戲——那動作險些就把鐵達尼號給搞翻了。

之後，她發現偶所畫的素描，就不斷地誇偶，並且揚言：「如果我不幫她畫張裸像的話，就要強姦偶。」

在逼不得已的情況下，偶只好照辦了。然而，當偶看著她那比海洋之心還小的胸部、比豬頭還大的屁股時，眼睛竟不自覺地腫了起來。

更不幸的是，偶幫她畫完裸像之後，她竟然違反先前的諾言，硬是剝光我的衣服，要我跟她嘿咻嘿咻，我極力掙扎了許久，卻告失敗，就此失去了童貞。

事後，偶拖著疲累的身軀，顏面盡失地逃了出來，但還是在甲板上被她的巨掌逮個正著，她在大庭廣眾之下公然說道：「偶還要！」而其他人無不以看好戲的姿態，眼睜睜地看著偶就範——這也難怪啦！畢竟，他們有生以來從未見過「大象騎猴子」的戲碼。

正當偶快被她「扯吃入腹」之際，那座以逸代勞的冰山竟然摸黑偷撞了我們這艘鐵達尼，接著，偶們的船斷成兩截，大夥兒莫不爭先恐後地搭上救生艇。而偶因為要徹底擺脫肉酥的死纏，所以，一直拒絕登上救生艇，直到船頭完全沉沒海底，才趕緊游出水面。

豈料，肉酥依然追著偶不放，嚇得偶四處逃竄、大聲呼救——

在下一個時間裡，偶幸運地跳上了一塊浮板，但她卻也想跟著爬上來，偶跪在浮板上央求她好久，明確告訴她這塊浮板根本難以負載她的重量，並且慫恿她：「如果妳能在冰水中多泡一會兒，必定可以達到減肥之功效。」

她考慮了很久才說好。於是，她就傻傻地待在冰水中，直到那一千五百個同樣落水的可憐蟲一一被她的肥油給臭死，而偶也順利地被救生艇救走，這事才暫告落幕。

如今，據說她還在北大西洋泡著澡呢——因為我曾對她說：「千萬不要放棄ㄚ！即使瘦身的希望多麼渺茫，妳也一定要堅持下去ㄛ！」

——幸運脫身的傑克

## 二十元

小新匆匆忙忙地跑回家跟奶奶說：「ㄚ嬤，快給我二十元，外面有一個老ㄚ伯實在叫得好慘ㄚ！」

奶奶心想：「這孩子越來越懂事了，沒想到這麼小就有憐憫之心——」

於是，她就高興地拿了錢給他，並問說：「他叫什麼？」

小新：「他叫『來賭香腸ㄛ！』，一次二十元！」

## 告解

ㄚ淦覺得自己罪孽深重，決定到教堂去找神父告解——

當他走進告解室，發現只有神父一個人在那裡，於是就直言不諱：

「神父，我有罪！」

神父：「沒關係的，孩子，告訴我你究竟做了些什麼，上帝會赦免你的！」

ㄚ淦：「神父，我小時候在公園裡看見一名落單的小男孩，於是很調皮地去摸他的小雞雞——」

神父：「嗯——這沒關係，你當時還小不懂事，只能算是小Case啦！」

Y淦：「神父，我和女友一直有著親密的肉體關係，這樣已經過了兩年了，從來沒搞過外遇，直到上個月，我去她家找她時，發現只有她姊姊一個人在家，所以就和她姊姊……」

神父：「孩子，這顯然是不對的舉動，但只要知過能改，你還是可以得到神的赦免！」

Y淦：「神父，上個禮拜我到女友的教室找她，但只有一個她的女同學在那兒，於是，我也莫名其妙地和她的同學……」

神父：「天Y！這實在是非常不好的行為——」

Y淦：「神父，昨天下午我到女友叔叔家找她，但只有她嬸嬸一個人在家而已，因此，我又……」

聽到這裡，神父突然不再表示意見。

「神父？神父？你在哪裡？」丫淦察覺神父那邊沒啥反應，猛一抬頭，這才發現神父已經不知去向了。

丫淦找了又找，總算在圓桌底下瞧見神父瑟縮的身影。

丫淦：「神父，你為什麼要躲在那裡呢？」

「孩子！求求你千萬別靠過來丫！！我發覺這裡只有我一個人而已！！」

## 真相大白

一位有四個小孩的父親，某日跟老婆大吵一架之後，突然衝著老婆說：「我早就懷疑——我們的孩子之中，ㄚ淦不是我們兩個一起生的!?」

「胡扯！」老婆也氣炸了：「我敢跟你打賭——只有他才是你的親骨肉！」

## 原來如此

中年富商，心事重重地向心理醫生求助——

心理醫生：「你說你有一個富裕的家庭，你的性生活也十分美滿，她年輕又貌美，並且百分百的愛你——」

中年富商：「是ㄚ！」
心理醫生：「那你還憂慮什麼？」
中年富商：「我怕有一天會被老婆捉姦在床ㄇㄟ！」

## 太不像話

有兩個辣妹窩在泡沫紅茶店裡，各自談起自己現任的男朋友——
辣妹甲：「偶的男友整天就只會喝酒啦、打麻將啦、把美眉啦，實在太不像話了！」
辣妹乙：「偶的男友既不會賭博，也不會喝酒，更不會把美眉——」
辣妹甲：「妳的運氣好好喲。」

辣妹乙：「好個屁啦！他不會喝酒偏要喝，不會打牌偏愛打，不會把美眉就乾脆偷拿偶的錢去嫖。」

## 於事無補

一對即將結婚的年輕人在百貨公司閒逛——

當他們來到內衣部門，女的就跟專櫃小姐討論起自己該穿什麼尺寸的胸罩比較好。

不耐久候的男生在一旁插嘴說道：「哎呀，妳又沒有什麼料，穿得再好也於事無補啦！」

女的一聽，不禁反唇相譏：「那你的那麼沒搞頭，穿內褲又是幹嘛

ㄋㄟ？」

## 禱告

一艘海盜船不幸撞到冰山，船身正在迅速下沉之中——

這時，船長大聲喊道：「有誰會禱告ㄚ？」

ㄚ福和大雄莫不爭先恐後地都走上前，說：「船長，我會！」

「好！」船長吩咐：「那你們兩個就一起禱告吧！其餘的人穿上救生衣，因為我們剛好少了兩件！」

# 警告

ㄚ淦有一天開車出去玩，卻不幸迷路了，後來就在一間前不著村後不著店的農家要求暫住一夜。

農家主人好心地留下他，可是那戶人家只有兩個房間，於是就安排他和他的女兒住在同一間。

睡到三更半夜，ㄚ淦突然想對這個小女孩做那一種事，但小女孩嚴詞拒絕：「你不要這樣子！不然我要告訴我爸爸ㄛ！！」

ㄚ淦只好放棄了。

可是睡沒多久，ㄚ淦依然對這個小女孩產生「嘿咻嘿咻」的念頭。那小女孩當然又是不肯：「你再這樣，我真的要告訴我爸爸ㄛ！」

那ㄚ淦只好再度放棄了。

然而，到最後ㄚ淦真的忍不住了，於是就霸王硬上弓，直接給她「嘿咻嘿咻」了——

辦完事之後，這小女孩似乎食髓知味，就對ㄚ淦說：「我還要再來一次！」

於是，兩個人再度翻雲覆雨。

豈料，事成之後，這小女孩竟變本加厲地又對ㄚ淦施以淫威——ㄚ淦也只好硬著頭皮再上。

「我還要再來一次！」

當小女孩第四度提出要求時，ㄚ淦終於忍不住開口說話了：「不要——不要！妳再這樣子，我真的要告訴妳爸爸ㄛ！」

## 勇氣

猛男：「女人結婚需要什麼？」
辣妹：「運氣！」
辣妹：「那男人結婚需要什麼？」
猛男：「勇氣！」

## 受益人

丫草和丫花第一次搭機要到國外度蜜月，他們向保險公司買了高額的旅遊平安險——
保險業務員：「請告訴我，你們的受益人

要寫誰？」

「這還用問偶嗎？」ㄚ花甜蜜地望著ㄚ草：「我的受益人當然速他，而他的受益人當然速偶囉！」

## 神經病

有一個精神病院的護士，看到一個病人在寫信——

她非常好奇地走過去偷瞄，豈料，那病人硬是不讓她看。護士忍不住就問：「給誰寫信ㄚ？」

病人：「寫給我自己啦！」

護士：「怎會有人寫信給自己咧？寫些什麼ㄚ？」

病人：「妳神經病Ｙ！我還沒收到信怎麼會知道!?」

## 創意

嘉義有個賣土雞的小販，在路邊廣告看板上是這樣寫著的：

「您要品嚐正港的騷貨嗎？帶出場一百八十元，脫光光兩百五十元。」

## 逃婚

辣妹甲：「我把未婚夫甩了，現在他打算告我——」

辣妹乙：「逃婚應該算是民事還是刑事ㄚ？」
辣妹甲：「都不是，是喜事！」

## 小便看個性

小便時會伺機檢查自己的水管是否異常者——「焦慮型」。
小便時刻意旋轉水管者——「貪玩型」。
小便時會偷瞄別人水管者——「自卑型」。
小便時不對準小便池、亂灑一地者——「隨便型」。
小便時會跟著偷放屁者——「狡獪型」。
小便時愛邊吹口哨助興者——「幼稚型」。

小便時刻意離開便池很遠，且樂於從高地噴出者——「自大型」。

喜歡跟別人一起上者——「社交型」。

## 機會教育

ㄚ花問媽媽什麼是「嘿咻嘿咻」？

ㄚ花的媽媽難以啟齒，只好跟她說：「妳找個爸爸媽媽都不在家的時候，躲在客廳後陽台，偷偷觀察姊姊和她男友所做的事，或許就知道了。」

數日後，ㄚ花帶著既欣喜又疑惑的表情將自己所看見的畫面一五一十地告訴她媽媽：

「昨天下午，姊姊和男友聊了沒多久，姊姊就將燈轉到最暗。接著，姊姊的男友開始抱著姊姊玩親親，可是——姊姊的臉色很奇怪，並且不停地喘息。於是，她男友就像醫生一般地把手伸進姊姊的衣服裡摸摸姊姊的心跳；但說也奇怪，後來他好像被姊姊給傳染了，竟然也跟著開始喘息了起來，而且情況可能更糟，因為我看到他發冷似的手伸進姊姊的學生裙裡取暖。終於——我知道是什麼東西讓他們感到渾身不舒服了——是一條活生生的大鰻魚！牠突然從姊姊男友的褲子裡跳了出來，那時，我猜牠一定嚇到了姊姊，因為姊姊的眼睛和嘴巴都張得好大喲！但才沒一下子，姊姊卻變得無比勇敢，她張開大口把鰻魚咬住，並且拼命咬著不放，但那條鰻魚實在太頑強了，竟然怎麼咬都咬不死。於是，換由姊姊的男友一把將牠抓住，可能是為了怕牠會咬人吧——他就從書包裡拿出一個套子硬是把鰻魚的頭給套住了。後來，姊姊躺在沙發上，企圖用雙腳使力地夾牠，而姊姊的男友則用身體一上一下地壓牠——我想，他們是想用擠壓的方式把鰻魚壓死吧！經過一番激烈的搏鬥之後，我想那條鰻魚應該是死了，因為我聽見姊姊的男友大叫一聲，精疲力竭地躺下，而那條鰻魚也已經軟趴趴地掛在姊姊男友的下半身了。至於姊姊，則趁勢把鰻魚的皮給剝了下來，然後到廁所用馬桶把那層皮給沖掉了——」

聽到這裡，ㄚ花的媽媽當場昏死過去。

## 全班操透透

有一次，班上考社會經濟學（簡稱：社經），考試時作弊相當嚴重——

事後，鄉音頗重的黃教授便對大家發飆：「這次『社經』考試，班上的同學顯然都『操』（『抄』音同）得很爽——有男的『操』男的，有女的『操』女的，更有男女互『操』；有的從前面『操』，有的從後面『操』，更有的左右都『操』；無論你是在暗處偷偷地『操』，還是明目張膽地公開『操』，總之，這種全班『操透透』的行為實在太荒唐了。不過，令我感到欣慰的是，其中有一個好同學沒有加入『操』的行列，他就是你們的班代表『楊瑋』同學，現在，大家給他來點掌聲鼓勵鼓勵！」

## 改口

小陳對他岳母說：「妳女兒好懶ㄛ，什麼家事都不企奏！」

岳母聽了也十分火大：「你回去警告她，如果她那千金大小姐的性子再不改的話，我就叫你岳父完全取消她的財產繼承權！」

小陳一聽，急忙改口：「對不起，偶剛剛速在胡說八道啦！妳女兒其實一點也不懶——」

## 外遇

有一名商人一直懷疑他太太有外遇，所以委託徵信社展開調查。

不久，徵信人員回報：「先生，我們的調查已經有初步的結果了——

一個是好消息，一個是壞消息──」

商人：「先說好消息來聽聽？」

徵信人員：「你老婆沒跟男人亂搞！」

商人：「那壞消息呢？」

徵信人員：「她和一個行為舉止很像男人的女人在外同居。」

國家圖書館出版品預行編目資料

奇怪ㄟ，怎這麼好笑？／張允中編著.
－－第一版－－臺北市：知青頻道出版；
紅螞蟻圖書發行，2014.08
面 ； 公分－－(超有梗笑話；1)
ISBN 978-986-5699-25-3（平裝）

856.8　　103013568

超有梗笑話 1
奇怪ㄟ，怎這麼好笑？
編　　著／張允中
發 行 人／賴秀珍
總 編 輯／何南輝
美術構成／Chris'office
校　　對／周英嬌、吳育禎、賴依蓮
出　　版／知青頻道出版有限公司
發　　行／紅螞蟻圖書有限公司
地　　址／台北市內湖區舊宗路二段121巷19號（紅螞蟻資訊大樓）
網　　站／www.e-redant.com
郵撥帳號／1604621-1　紅螞蟻圖書有限公司
電　　話／(02)2795-3656（代表號）
傳　　真／(02)2795-4100
登 記 證／局版北市業字第796號
法律顧問／許晏賓律師
印 刷 廠／卡樂彩色製版印刷有限公司
出版日期／2014年 8月　第一版第一刷

定價 169 元　港幣 57 元

ISBN 978-986-5699-25-3　Printed in Taiwan